U0013070

劉願

白溫柔——著
王品涵——譯

suncolor 三采文化

CONTENTS

[推薦文]

不停尋找更合身的衣服：讀《劉願》

——詩人 徐珮芬

繼主打能讓「30代後女性」回歸少女體香的沐浴乳熱賣後，前幾天，我又在量販超市的架上，看到了針對四十歲男性的去味洗沐組。當下，驚愕與生氣的情緒湧上心頭，（或許是因為自己剛過完生日的緣故）：為什麼要主打這樣的恐嚇行銷？然後，我也默默拿起一罐丟進購物籃。

毫無疑問，青春期應該是一個人最容光煥發的時刻。雖然說關於青春期，我最深刻的回憶是那些為數學所困頓的時光。至今，我仍每夜每夜做著關於解不出題目的夢，彷彿三角函數已刺在我頸動脈上的肌膚。

回到《劉願》這本小說。才讀了第一段，我就有種不好的預感：這想必不是一個甜美的故事。雖然女主角是一個花樣年華的高中生。不僅正值美好的年紀，還擁有充滿意義的名字：「願」。這個名字，是年紀長了許多的親姊姊用心賜予的祝福，然而，在故事的一開始，作者就告訴我們，善良的姊姊早就死了——死於一根沒有熄滅的菸蒂造成的災厄。正因為（在各種意義上）無法真正懲罰任何人，於是，從劫難中存活下來的那個劉願，毫無選擇地如所有人期待那樣，長成了一隻替罪羊。

繼續讀下去，會發現所有的紛擾與痛楚，都不可理喻又理所當然地與劉願相關——更正確地說，是她的「生命」。原來，「施比受有福」真的可以以如此暴力的形式存在，因為他人的犧牲所「換回來」的劉願，是否沒有選擇的餘地，必須用她全部的生命來回報？她的倖存，成為另外一種型態的「幻肢痛」，她的身體，不再是她一個人的。除了受之父母，她還得背負了亡魂（姊姊）與生靈（大叔）的「願望」。

別忘了，她還是個少女。

當然，不是每個人都有和主角相似的生命體驗，但讀者要代入女孩的困境其實不難。試想，你難道不曾在怨懟世界的時候，忍不住質疑起賦予你生命的「那兩個人」？而這個課題對少女來說又更複雜、更恐怖了。

從薩滿信仰的視角出發，人類的痛苦與迷茫，皆來自於過去曾在生命中的某些時刻，遺落了靈魂的碎末——每當少女站在高處俯瞰，她必定重返那個她根本不記得的時刻，弱小的身軀被包裹在濕答答的棉被中，由她的姊姊，從十一樓的高度往外拋擲出去……。

有一度我好想尖叫。當然，並不是所有人都曾有過如此特殊的生命體驗，但我們可以藉由一個說得好的故事，跟著少女一起在頂樓探險，進而找到那個對她來說重要的人——那個在乎她，但並不想從她身上得到任何回報的「朋友」。

我真心感謝這樣的故事存在。雖然它並不甜美，也不是那麼日常，但任何人都可以在閱讀這個故事的過程中，找到那個你可以投射情感的角色，作者把人心寫得那麼好又那麼壞，那麼可悲又那麼堅強。這不只是一個或兩個少女的生長痛，每個角色都在經歷他們的青春期。身為讀者的我們，其實也是一樣，一直在夜裡默默抽長身子，醒著的時候，就得不停尋找更合身的衣服。

推薦語（依姓氏筆畫排序）

原本覺得按照故事的設定，應該會是個沉重的故事，然而讀著讀著，看見了希望的曙光，也從中得到撫慰與前行的力量。

祈願你我都能像故事裡的主人翁，即便背負著他人的期待、承受著他人的看法，也要勇敢快樂地活出真實的自我。

——閱讀推廣人 李貞慧

在災難中，我們以為能夠活下來，就是幸運。可是，對災難倖存者而言，卻可能是痛苦的開始。從那天起，他們的心靈便被囚禁在懊惱、自責、內疚與無限矛盾的地獄中。從這本小說中，你會看到一個人的內心可以如此脆弱，但也可以透過勇敢地面對自我，獲得心靈重生。

——諮商心理師、暢銷作家 陳志恆

每一個人在成長過程中都可能曾經墜落，以各種姿勢、在各異的情境，或由內心往外蔓延，或由外侵蝕內在。最終會發現，唯有誠實勇敢的面對並接受自己內在真實的聲音，才是接住自己、停止毀滅的最有力臂膀。所有曾墜落或正在墜落的朋友，特別是脆弱敏感的青少年，這本書不見得能一次性地治癒你，但是，它會讓你發現，原來你自己的雙臂完好存在，然後嘗試跟著主角劉願一起勇敢地伸展開來，接住墜落的自己。

——親子作家 彭菊仙

人生的好和壞是摻雜在一起的，我們無法將兩者切割。讀者可以從《劉願》當中體會到在「應該開心」的倖存、對救命恩人的虧欠感，以及道德綁架下，劉願是如何痛苦掙扎，並感受好壞的伴隨而來是如何影響一個人的人生。

——54黃蓉 黃蓉

青少年，是為了自己的未來而活著的獨特生物。面對沉重複雜的人際關係，與亞洲加強版的情感勒索，該如何自處？我們做家長的，又能協助些什麼呢？看看書裡最終決定要到台灣旅行的孩子們，怎麼面對、怎麼解決。

——素養教育工作坊 核心講師 蔡依橙

第一章

忌日與生日

每次想起除了我之外的所有人，
都因為姊姊的過世而蒙受極大痛苦時，
我都想找個地方躲起來。

I

深感抱歉的我睜開雙眼。一走出客廳，便發現煙霧瀰漫。我踏入廚房，看見被煙霧環繞的媽媽，從背後一把抱住她。媽媽的骨架纖細、體格嬌小，我撫摸著堆積在她下腹部的軟肉。她嚇了一跳，轉過頭確認是我之後，鬆了一口氣似地輕撫我的手。

有時候，我會覺得有點奇怪。當我從學校回來，打開門走進家裡，像這樣從背後擁抱媽媽時，她總會問：「劉願？是劉願嗎？」如果不是我，又會是誰呢？難道有可能是我之外的其他人嗎？媽媽常說，我像隻小貓。她老是叨念著我走路沒有聲音，一直把「走路要出聲」這句話掛在嘴邊，但要改變走路方式實在不容易。

「怎麼這麼早起？」

「那是什麼？」

「鯖魚，你不是說想吃嗎？」

我說過？不記得了。或許是看著電視料理節目，下意識說過「看起來很好吃」也說不定。要辨別魚類是件困難的事，雖然知道鯖魚、白帶魚、秋刀魚的名字，還是搞不清楚牠們的長相。只記得哪些是可以把魚刺吞下去的魚，哪些是很難挑出魚刺的魚，哪些是腥味特別重的魚，哪些是好吃的魚。魚的種類太多了，很難弄清楚。若是要分辨鴨肉、雞肉、牛肉、豬肉，我倒是很有自信。

「去客廳吧，這裡油煙太大了。」

「小願爸爸，開一下陽台的門。」

爸爸從廁所走了出來，將陽台的門打開。奮力舞動雙臂驅散煙霧的模樣，彷如在做體操般。我這才意識到自己是被濃煙喚醒的，又嗆又辣的氣味，讓一切變得模糊的氣味。

「我想試試味道。」

「不行，還沒熟。先去洗手。」

洗好手後，我坐在餐桌前。我們三人相當罕見地一起吃早餐。因為爸媽總有一人得在清晨出門上班，替餐廳開門營業才行。一整年只有幾天是兩人同時休假的日子。媽媽從冰箱裡拿出小菜盒，慢條斯理地將小菜盛進漂亮的碟子內。持續做著無關緊要之事的爸爸，正在替陽台上的盆栽澆水。電視新聞主播的音量太大，我將之調小。我們相對無言，彼此都不想開口說第一句話，這讓我有點生氣，但吃了一口舀起的豆腐後，內心立刻變得平靜。

「牧師說幾點會過來？」

「八點左右。今天是只補習兩科的日子，對吧？補習班下課回來，時間剛好差不多。」

「信雅姊姊有說會來嗎？」

「幾天前是有打過電話來啦……」

正將湯碗放在餐桌上的媽媽，有些不確定。

「小願要不要再問問她呢？」

「我知道了。」

爸爸這才走了過來坐下。電視正播報一則新聞，有名六十多歲的女性走在路上，被一名小學生從公寓八樓拋擲的水晶獎盃砸到，目前生命垂危。我對媽媽說：「牛骨湯味道太淡了」。爸爸則說味道剛好，是我平常吃太鹹，還說了句「你什麼都好，就是飲食習慣該改一改」。或許真是如此也說不定，因為我喜歡又辣又鹹的食物。媽媽拿了鹽罐過來，在湯裡只撒了一下，我再嚐一口後依然覺得味道偏淡，決定配著泡菜一起吃就好。

爸爸有套獨門挑魚刺法，每次吃魚都要炫耀一次，這次也一口氣挑出所有魚刺。電視畫面出現了小學生被打上馬賽克的臉。面對記者的提問，那名孩子聲稱自己只是在和朋友玩才會做出把獎盃丟出屋外的玩笑，並不知道樓下有人路過。

「你制服該送洗了，怎麼沾到汗漬還穿呢？」一看見我不知道什麼時候沾到髒汗的藏青色背心，媽媽吃飯吃到一半就要我脫下背心，替我清洗汗漬。

水晶獎盃的重量約是兩公斤，新聞畫面下方顯示著字幕，記者最後的結論是：「隨著近來小朋友開玩笑將垃圾或石頭投擲到大樓樓下的事件層出不窮，必須格外留意與嚴加管制，並對此確立適切的懲處規範。」

我穿上媽媽拿回來的背心。接著輪到氣象主播報導天氣，主播說白天天氣大致晴朗，但日夜溫差較大，建議備妥外套。我將剩下的飯泡在牛骨湯裡吃完了。原本猶豫著該不該再吃一碗的我，看了看時間，如果想刷完牙再出門的話，現在就得行動才行。

「爸，載我去上學。」

爸爸咕嚕咕嚕喝完湯後，先一步起身穿好外套，媽媽關上電視。我邊刷牙，邊思考著。

被不過才兩公斤重的獎盃擊中，就會生命垂危？據說還有可能因此腦死。

話說回來，小學生也得坐牢嗎？如果要懲罰小學生，懲罰會是什麼呢？好像在哪裡聽過得由父母代替孩子坐牢的說法，但這合理嗎？水晶獎盃是誰的？是什麼獎？想必都變成碎片了吧。

爸爸和我一起走下樓梯。若只有我自己一人，就算只有三樓也非搭電梯不可，但和爸爸一起時，樓梯是唯一選擇。

「如果今天不想去補習班，也可以不去。」

爸爸把車停在學校門口後，悄悄說道。我將書包抱在胸前，看著學生們從正門走進學校的背影。由於距離上課時間還有十分鐘，因此大家顯得相當悠哉。

「為什麼？」

「沒為什麼。如果不想去的話，爸爸幫你跟媽媽說一聲。」

這樣好嗎？稍微被爸爸說動的我，但還是覺得應該好好上課，於是也沒再多想。

「沒關係。」

「好，那你趕快進去吧。」

爸爸似乎覺得自己說了些無謂的話。下車後，我在關上門前說了句：

「爸，你該染頭髮了。」

「你幫我染吧。」

「週末的時候幫你染，淺棕色。」

「顏色太淺的話，會不會有點……」

爸爸伸手拉下駕駛座上方的遮陽化妝鏡，看了看自己的頭髮。

「不會，一點都不會。」

「我知道了。」

關上車門後，我轉身離開，突然又走了回去。爸爸搖下車窗，問我：

「怎麼了？」

「要買鮮奶油[1]蛋糕喔，我不喜歡奶油[2]口味。如果用手機的折扣優惠，我們家前面那間麵包店可以打七折。」

雖然爸爸嘴上說著「知道了」，但還是不能相信。因為爸爸總是對精打細算的行為感到不好意思，像是用手機優惠來打折，或是用十張優惠券叫炸雞外賣等。爸爸也無法理解媽媽總會加快腳步要在兩點前衝到麥當勞點午間套餐的勤勞行徑。

不知道是否讀懂了我臉上的表情，爸爸隨即打開應用程式，詢問「是不是給店家看這個條碼就好？」由於姊姊的生日和忌日僅隔三天，因此不知從何時開始，我們便只籌備姊姊的生日。至少，姊姊是帶著生日祝福才離開的，這也是媽媽唯一的慰藉。

1 鮮奶油蛋糕指 Whipped cream cake。
2 此處的奶油指 Butter。

2

同學們大致上都對我很友善，我每年都能交到新朋友，校園生活蠻平順。校園生活是否平順的標準，取決於每天中午是否有朋友一起吃午餐。但由於校園生活的變數太多了，因此想擁有這種朋友，沒有想像中容易。如果是很好的朋友，會在午休時間叫醒正在睡覺的朋友一起去吃飯；若朋友拖拖拉拉，也是會發發牢騷，但還是會等著朋友一起吃飯。如果不是好朋友就不會這樣做了，就這些層面而言，我的運氣還算不錯。

然而，我卻常以「消化不良」作為藉口，獨自一人度過午休時間。朋友們都相信我的話，然後說著「好吧」，輕易地接受這番說詞。

有時，我確實也期待著自己的身體或者心理發生不舒服的異狀。

因為學校提供的餐食都不太好吃，所以貨櫃販賣部總是很熱鬧。想要買個御飯糰或漢堡，就要跟一堆人擠破頭，很需要勇往直前的勇氣跟體力，但我做事喜歡準備充裕而不是一個勁地往前衝，所以會事先買好麵包或餅乾之類的食物放在書包裡。一到同學們離開教室去用餐的時候，我便會靜靜起身，前往專屬於我的祕密基地。

學校的建築物共有五層樓。一樓是教務處和行政辦公室、保健室、輔導諮商室，二樓是三年級，三樓是二年級，四樓是一年級。五樓雖有音樂教室和科學教室、語言教室，卻不太常使用。即便建築主體只到五樓，但只要從五樓的中央樓梯往上爬，就能看見通往頂樓的門。

頂樓的門前堆疊著覆滿灰塵、有缺損的課桌椅。我擠進這些課桌椅中，選一張桌椅坐下來。雖然把這裡當成自己的「祕密基地」有點太過寒酸，但整個校園裡再沒有比這裡更適合獨處的地方了。我用濕紙巾擦乾淨自己要坐的桌椅，經過幾個月每天午休時間的使用，只有那張桌子顯得光亮潔淨。

我喜歡邊聽著歌，邊吃餅乾，邊在世界最僻靜的角落背英文單字的午休時間。三十分鐘內可以背好二十五個左右的新單字，我很滿足於能進行對未來的自己有幫助的事。然而，今天卻不知為何老是卡在第二十三個單字。

consciousness

自覺、感知。

「姊姊今天會來嗎？」

我闔上單字本，傳了訊息給信雅姊姊。雖然每天早上班長都會拎著保管手機的袋子繞教室一圈，但真正的手機藏在書桌底下，放進保管袋的手機則是媽媽之前用過的空機。除了我之外，很多同學也都這麼做。只有四種情況會交出自己真的手機，一是沒有空機，二是在學校時完全沒有任何要聯絡的人，三是沒有正在追的偶像，四是雖然有點遲但還是下定決心要用功讀書的同學。

經過五分鐘後，收到了回覆。

「必須去啊。」

「不會太遠嗎？開車沒問題嗎？」

思考片刻後，我又補上一句。

「媽媽說你不一定要來的。」

雖然媽媽從未說過這種話，媽媽絕對不可能會說這種話。

「不，真的沒關係，怎麼可以少了我。」

「嗯，路上小心。」

我莫名有種想要摔手機的感覺。

3

新學期的開始。新教室、陌生環境，當為了適應敏感的朋友們搞得自己也變得敏感之際，班上的同學們似乎早已準備好如何跟我相處了。在我了解那些同學們前，他們早就了解我了——甚至覺得是「非常」了解——不知為何，大家看起來都對我很熟悉，也很熱情。每次升上一個年級時，我都有這種感覺。因此，如果有人問我會不會覺得壓力很大……雖然有點壓力，但不可否認某種程度上也算是受惠。

我一直很好奇，究竟同學們是透過什麼管道知道我的事？假如是從新聞得知的話，對於跟我同齡的同學而言，這已是太久遠以前發生的事件。所以他們是從父母口中聽來，或是見過我流傳在各大媒體的照片的機率比較大。再加上，只要搜尋「恩情洞火災意外」、「恩情洞火災意外倖存者」、「十一樓棉被小孩」等，就能看到數十篇相關報導。聽到傳聞後才開始搜尋我的名字嗎？想必也看了留言吧？搞不好同學的父母之中也有人曾在十多年前的新聞報導底下留過言。

即便如此，大部分的同學都相當清楚開口提及那件事很無禮。讓我不知所措的，往往都是大人們。他們將自己的好奇假裝成擔心的詢問，並在聽完我的官方答案後，說：

「那也算是平安無事長大啦……」

接上一句這種姑且稱為稱讚的話。隱藏在「那也算是」這句話裡的意思，大概是「對啦，經歷過那種事後，能長成現在的模樣也沒有歪掉」。

六點。我原本沒有要翹課的念頭，但呆呆地走著、走著，不知不覺就走過補習班了。我不想走回補習班的方向，走進了一條商店街，東張西望著沿途林立的化妝品店後，選了一間進入，莫名開始將不同顏色的唇彩塗在手背上。沒有滿意的顏色。一直跟在我身邊的工讀生，一下說這個很適合我，一下說那個很適合我，讓人很有壓力。當我思考著是否該隨便買一支的時候，工讀生拿起沾了卸妝液的化妝棉將我的手背擦得一乾二淨。

「我怕客人的制服袖口會沾到唇膏。」

我向工讀生表示自己需要防曬乳。買了一罐工讀生推薦的防曬乳後，我便離開店家。家裡明明還有好幾罐沒用完的防曬乳，我為什麼偏偏會說自己需要防曬乳呢？我將工讀生連同防曬乳一起給的幾樣試用品放進書包後，走進一間文具店，買了各種顏色的原子筆。其他東西都能保管得很好的我，唯獨經常弄丟原子筆。尤其是黑色原子筆，每個禮拜都會消失一枝。接著去投幣式KTV唱了三首歌。由於連續唱的都是組曲，因此加起來大概有十五首歌。

此時看了看手錶——七點了，我拖著沉重腳步走回家。我的補習班向來對學生控管嚴格，說不定早就打了電話給媽媽。上這個補習班是不是有點浪費呢？我一直假裝不知道這間補習班的學費比其他補習班貴了幾十萬元[1]。比較貴是因為在考試期間不會加收特別授課費，還有詳細的考題整理，以及首爾大學畢業的師資。今天的進度到哪裡了？我明天應該會後悔今天的翹課。反正都是得補課的，如果把今天沒完成的作業延到明天，會搞得自己更吃力。

儘管如此，我倒也不必為了翹課找藉口，因為幾乎沒人會因此責備我。媽媽就算知道我沒去補習，也只會笑笑地說：「你怎麼了啊？」

每次當出現這種想法的時候，都會覺得自己的存在陰暗且不祥，過度利用自己過去的不幸來獲取寬容。

回家時，沒想到在社區公園遇見媽媽，她在空無一人的公園裡遛著鞦韆。媽媽是個跟小孩一樣頻繁使用社區公園的人，哪怕只有片刻，也要在下班後去使用太空漫步機或浪板機之類的運動器材。運動到鼻頭開始冒汗，再下來遛幾分鐘鞦韆，就是媽媽例行的運動習慣。

「媽，你在做什麼？怎麼下來了？」

媽媽看著我噗哧一笑，顯然是早已接到補習班班主任的電話了。

「沒什麼，只想看看你從哪裡回來而已。」

「沒什麼，只是到處走走。」

媽媽若無其事地笑著，我們挽著手走回家。

「劉願啊，過來削一下水果。」

這句話聽起來像是「削完水果，我就赦免你的罪」。媽媽將原本擺在陽台上的小盆栽挪到桌上或玄關鞋櫃上。她覺得家裡會因此看起來比較有生氣嗎？我坐在餐桌前，開始削奇異果和梨子、蘋果。

「到樓下的時候就該打電話上來啊，我們一起出去幫忙拿，這些東西這麼重……」

門鈴響了。爸爸打開門後，我和他各自接下一些信雅姊姊手上的一大堆紙袋。信雅姊姊一見到我便立刻露出燦爛笑容，並用雙手摸了摸我的臉頰，而我試著輕撫信雅姊姊隆起的肚子。本來在主臥室補妝的媽媽，此時才晚一步出來迎接她。媽媽闔上雙眼，擁抱了信雅姊姊好久，而信雅姊姊的肚子頂在兩人中間，讓彼此的姿勢都不太舒服。

我把信雅姊姊買來的保健食品和水果一一拿出來擺在地上檢視，莫名有種「偷窺」的感覺，有Omega-3、蜂膠、琉璃苣油……還有幾罐叫不太出名字的藥丸。信雅姊姊之前買回來什麼對免疫力很好的藥、對骨頭很好的藥、更年期必吃的保健食品，媽媽都定時乖乖服用。我時常覺得，很難相信有人可以這樣悉心照顧過世朋友的父母。從小時候開始，我經常想著自己也要成為像信雅姊姊這樣的人。那首先，必須先交些朋友，像是我姊姊那種。

信雅姊姊抵達後，又過了十分鐘左右，教會的人們也隨之抵達。

由於姊姊一直到國中為止都很認真上教會，因此在教會認識的朋友也會在她生日當天上門拜訪。媽媽準備了三、四種水果和年糕、茶。在我開口詢問前，爸爸便炫耀似地搶先在我耳邊輕聲說：「麵包店買的蛋糕，折扣後便宜了將近四千元喔！」爸爸話才剛說完，牧師隨即以嚴肅的聲調插話。

現在開始劉藝靜姊妹的十二周年追悼禮拜。

即使姊姊生日一年只有一次，聖經也只在此時會被使用，但家裡還是有三本聖經。媽媽拿出大字體版聖經，爸爸拿出英韓對照版聖經，至於我則是拿出寫著姊姊「劉藝靜」姓名的聖經攤開放在膝蓋上，我觀察著旁邊的人，跟著翻到〈希伯來書〉的篇幅。姊姊的聖經上，唯有〈福音書〉或〈羅馬書〉畫滿了螢光筆標記。牧師說，姊姊畫線記號的部分是背誦關於平安夜的重要章節。

此情此景，總給我一種荒謬的感受。我不停暗自重複「荒謬」一詞，並仔細思考「荒謬」的意涵。

每年只要一到姊姊生日，和姊姊一起擔任過幼稚園部助教的哥哥、姊姊國小的導師、牧師和師母，以及信雅姊姊，幾乎不曾缺席，都會準時到家裡來。這場聚會，一直都是由信雅姊姊主導，信雅姊姊就是如此細心。媽媽衷心感謝大家的造訪。就算姊姊已經過世了十二年，除了家人之外還會有人惦記她的生日（或忌日），這讓我感到很訝異、也很感謝。無論他們是出自什麼原因記得，我對於這份誠意都很感謝。

姊姊就讀的幼稚園，是由教會經營的，信雅姊姊也讀了同一間幼稚園。牧師是少數從幼稚園到國小、國中都記得姊姊的大人。即使姊姊從高中以後就減少上教會的次數，也漸漸沒再見過她，牧師卻仍會談論著爸媽從不知道的姊姊的樣貌。因為爸媽除了平安夜布道會之外不會上教會，所以就算牧師是編故事也別無他法，只是笑著說：「應該是很聽牧師的話吧」。

這些關於姊姊的回憶，隨著時間的流逝，似乎變得更加鮮明，越來越栩栩如生，再加上十多年來姊姊生日當日講述的故事都如出一轍，我想大多數應該都是根據事實陳述的故事。爸媽看起來很樂於這樣的模式繼續下去，倘若連這場儀式都沒有了，徬徨的我們不知道該如何度過今天。在這些冒出來的念頭侵襲下，我分心了嗎？還是打瞌睡了？不知不覺禮拜結束了。

「藝靜以前就是那麼貼心，那個孩子真的很有心，每個禮拜上教會的時候，一定會準備東西放在口袋裡說要請牧師吃。」

禮拜結束後，當師母一打開話匣子，牧師也如常感激地接著說：

「她以前帶了很多糖果或巧克力給我。有時，一下教會的車就跑過來邊說『這個請牧師吃』，邊給我橘子和蘋果。為了怕我會給別的孩子吃，她還非得待在旁邊看著我吃完。每次一到孩子們上教會的時間，我都會很期待藝靜這次不知道又會帶什麼過來。」

「我都不知道耶……」

儘管每年都聽一遍，媽媽每次都還是會說她不知情。搖頭揮手的媽媽，表情看起來像是在聽著絕對不願承認的女兒的過錯一樣。我們將蛋糕切片分著吃。忽然想起不久前在電視上看過天才少女的父母的反應。完全沒學過鋼琴的她，是個琴藝驚人的孩子，連對鋼琴一無所知的我聽來都覺得相當了不起。她的父母在將孩子才華評為「天才水準」的專家面前，則是邊搖著手，邊說著「沒這回事」。他們似乎很清楚父母得適當貶低自己的孩子，才能讓觀眾感到舒適與微妙的滿足。

除此之外，牧師也提起了姊姊在天賦慶典時帶了多達十二名同班同學到教會的事，說著姊姊是能讓同學們樂意跟隨的領袖，以及姊姊在平安夜的獨唱表演有多麼動人心弦。牧師能記住一個孩子那麼多事情實在很奇怪，我也因此懷疑過他的話。但我想如果是那樣的孩子，如果是每個禮拜日都會從口袋裡掏出糖果或巧克力、蘋果、橘子當作禮物的孩子，好吧，確實有可能願意在這個孩子過世後的十幾年後，仍持續為她籌備生日。

媽媽將事先準備好的現金袋放進紅參禮盒裡後交給師母。雖說把現金袋放進緞面禮盒裡的手法相當迅速，但所有人應該都已經發現了。媽媽準備現金袋的舉動，模糊了他們的真心。

「幹嘛還特地準備這些呢？我們會好好吃的，藝靜媽媽。」

現在幾乎沒人會叫媽媽「藝靜媽媽」了。當有人這麼稱呼媽媽時，感覺真的很奇怪，只覺得好像有什麼意圖一樣。搭電梯下樓前，牧師握了握爸爸的手，說了句：「歡迎您在心情平復的時候過來，神會永遠等待的。」爸爸微微笑了一下，並接著說：「真是的……每次都是您過來，我們實在太慚愧了」。這場景似曾相識，哪怕是客套做做樣子，爸媽也不曾參加過禮拜。想必媽媽已經把姊姊以前繳納給教會一年的費用放進現金袋裡一次繳清了，我們真的還有必要去嗎？牧師輕撫我的頭髮，表示夏天會舉辦青少年露營，邀請我到時可以過去玩，原本想回答「好」的我，卻一句話也說不出口。

信雅姊姊正挺著大肚子洗碗，我想幫她，她卻執意說著「沒關係」、把我推開，但我還是搶下塑膠手套戴在自己手上。媽媽拜託姊姊去沙發休息，乖乖坐著就好。耳邊傳來媽媽和信雅姊姊聊天的聲音。

「預產期是什麼時候？」

「再一個月就要生產了。」

「有好好吃飯嗎？」

「有，一切都還好喔～」

「什麼叫還好？你的手都水腫成這樣了……」

信雅姊姊開朗地說著：「我和別人比起來，已經不錯了」、「在家裡，孩子的爸爸也很照顧我」、「完全不覺得辛苦」。

「其實我應該叫你不要來的，但又怕藝靜會難過……」

「怎麼說這種話呢？這樣我會很難過。因為身體的緣故，我連過年也沒有過來拜訪……這幾天，一直想起藝靜。沒來看看您的話，反而會覺得很抱歉、很掛心……」

「謝謝。」

洗完碗後，我在嘴裡含了一大口滿滿的冰水。背靠著大冰箱，一直站到含在口中的冰水變得溫熱為止。不知道究竟是冰箱的裡面或外面，總是不斷聽見不知從何處傳來的流水聲。

「劉願，你在做什麼？過來坐下，讓我好好看看你。」

一坐上沙發，信雅姊姊立刻握緊我的手。如同媽媽所言，可以感覺到姊姊的手真的很腫，牢牢套在手上的婚戒，讓血液看起來不太暢通。

「好像長高囉？高中生了，還可以像以前一樣睡懶覺嗎？」

「沒有長高，還是很愛睡覺。」

「學校還好嗎？」

「就那樣。」

「小願每次只會說『就那樣』，你最近不是參加比賽，還得獎了。」

媽媽沒辦法說我的不好。換句話說，她似乎缺少了父母間會以「我家小孩不夠大方，真麻煩」或「邁入青春期後，祕密也變多了」、「國語還算跟得上，但數學太差了，得請個家教才行」等常見的「聊天技巧」。如果真的認為我是天才，媽媽應該也要像是養出天才的父母那樣懂得謙虛以對，但媽媽總在某些時候不夠社會化，但還好是在信雅姊姊面前。

「不要再提那件事了，我只是運氣好而已。」

「那怎麼會是運氣呢？這孩子真是的！」

「真的啊？什麼比賽？」

「地區主辦的小型寫生比賽，得到銅獎。一開始是因為可以不用上課才參加的，後來也只是因為科班的同學沒來才會得獎。」

「你各方面都很優秀耶！之前也在水火箭比賽拿了銀獎。」

愛面子的我，沒提其實總共有四個人得到銅獎，我擔心自己的才華不上不下，完全不知道自己的特長是什麼。我假裝拗不過信雅姊姊想看那幅畫的要求，走回房間。耳邊傳來信雅姊姊對媽媽說著悄悄話的聲音：

「從這些地方看來真的很像藝靜，藝靜也是沒有一樣東西不擅長的。」

接著是媽媽無法掩飾驕傲的聲音：「因為藝靜爸爸的手藝很好啊！什麼東西都是三兩下就做好了，也很喜歡畫畫，可能有遺傳吧。」「藝術方面的才華應該是遺傳媽媽，看家裡的裝潢擺飾和食物擺盤，就知道您眼光一定很好。」信雅姊姊相當清楚媽媽喜歡聽些什麼。

重新看了一次收在抽屜裡的畫，我實在不明白這個東西到底為什麼會得獎。看起來既不熟練又很粗糙，還有幾罐帶去的顏料因為乾掉了根本不能用。因此，整體色調顯得十分單調。

姊姊領過的獎狀和獎盃，通通和其他東西一起燒光了。媽媽說，姊姊小學時期得過的獎狀還因為框不夠用，只好隨便疊在陽台角落的舊報紙堆旁。即使這些不是為了讓我有壓力才說的話，但聽完這番話後，只要一有比賽的機會，我都會盡量參加。姊姊在學期間，曾在鋼琴比賽、寫作比賽、寫生比賽，甚至連田徑比賽都得過獎，而我卻無從得知姊姊究竟寫了什麼樣的文章、畫了什麼樣的畫。

記得姊姊的人們，始終異口同聲地表示姊姊是個很棒的人。他們說是姊姊照顧我長大、對我疼惜得不得了、我更常跟著姊姊而不是媽媽。他們也說，姊姊無論什麼都做得很好，姊姊無論什麼角色都扮演得很好……。

每次想起除了我之外的所有人，都因為姊姊的過世而蒙受極大痛苦時，我都想找個地方躲起來。

「劉願，你很棒耶！阿姨，小願好像也可以往藝術方面發展吧？」

「我也覺得很可惜啊，想送她去才藝班學習，她又說不要，我能怎麼辦呢？」

媽媽惋惜的表情，彷如承受不住女兒太過卓越的才華那樣。

「不要再隨便對別人說那種話了，我覺得很丟臉。」

信雅姊姊瞟了我一眼。

「我是『別人』嗎？而且，這哪有什麼好丟臉的？太過謙虛不是件好事。」

「能畫出這種程度的人多的是……」

當我尷尬得趕忙把畫捲好再套上橡皮筋之際，信雅姊姊從我手中搶走了畫。

「喂！你這樣會把畫弄壞，這幅畫讓我帶走，可以吧？」

搞不清楚狀況的我，點了點頭。這畫送給別人，我不覺得有什麼好可惜。我想，信雅姊姊對我們的期望向來都很簡單。

1 新台幣與韓幣匯率約為1:41（二〇二一年八月）。

4

十二年前的那場火災，原因不是縱火、不是電線短路、不是瓦斯外洩，也不是姊姊的不小心。那時的報導寫道：「對於公布火災的原因一事，警察和消防當局的相關人士猶豫了許久」。是因為十二樓老爺爺抽完的菸蒂，掉進了位在十一樓我們家陽台。

仍未熄滅的菸蒂，點燃堆在陽台的報紙與書。整齊堆放在陽台的書，多數是姊姊的習題本和姊姊國小、國中時期蒐集的雜誌和小說。媽媽說，她讀過姊姊國中時寫的小說，有趣且深刻，雖然希望姊姊能一直創作，但怕姊姊一旦知道她偷看過自己的文章會拒絕再寫，因此始終沒提過這件事。

絕對不要寫小說之類的東西，我下定決心。

火勢瞬間燒到客廳，從陳舊的沙發蔓延燒至塑膠地板、壁紙，煙霧霎時間籠罩整間客廳。姊姊把我從幼稚園接回來後，便和我一起午睡。睡到一半醒來，她立刻察覺不太對勁。姊姊走出房間，看到客廳早已被不可收拾的火勢吞噬，不知所措的她，完全不敢靠近玄關大門。她衝進浴室，用水淋濕全身後，再把水倒在棉被上弄濕。接著，打開我房間窗戶，翻出去到陽台上。我房間的陽台是用薄夾板和客廳陽台隔開，火勢已經從客廳延燒過來。此時，姊姊耳邊傳來了遠處響起的警報聲。應該是路過的街坊鄰居看見濃煙後報了警。一探出頭，便能見到急得直跳腳的社區居民們仰望十一樓的模樣。姊姊揮舞著毛巾，請求救援。人們望著從竄湧的黑色濃煙裡探頭的生存者嘆氣。

火勢撲到了非常、非常近的地方。

我常常反覆思索，運氣怎麼會那麼糟，糟到不像是真的會發生的事。但是，它確實發生了。

始於菸蒂的火勢，沿著外牆燒毀了十一樓和十二樓、十三樓、十四樓。那場火災之所以一發不可收拾，原因在於大樓建築外牆是易燃材質。據說，是種名為「Dryvit」的外牆塗料，由於這種塗料的價格便宜，加上內層是以易燃的保麗龍填充，燃燒時會散發極大量的有毒氣體。在同個社區內，使用相同材質建造的公寓就有六棟。自從那次意外後，施工單位擅改設計與偷工減料的嚴重問題也一併浮上檯面。

報導中又提到：「說是會改善這些問題，但不知道是透過什麼方式處理危機，以及後續做出什麼改變。」

火災意外後，僅有極少數的住戶搬離那棟公寓。即便是經過十二年後的現在，那棟公寓仍如常地在原處。

恩情洞東側公寓火災，是造成十名死傷者的意外事件。由於意外發生在下午三點左右，幾乎沒人能逃離現場。只能放任十一樓到十四樓的住戶們，被火燒或窒息而死，突如其來地在「家」迎接死亡。下午三點在家的人，大部分是老人們與下課回家的小學生們。雖然十二樓的老爺爺最先逃離現場，卻也因過失致死的嫌疑在監獄裡度過一年。基於爺爺年事已高，後來也停止服刑。包括我們在內的死傷者家屬，從未接受過老爺爺正式的道歉。

儘管我們家領到了賠償金，卻根本不夠完全復原轉眼間消失的房子。於是，我們搬到距離原本的家數個公車站遠的公寓，從原本的三房變成兩房，而我也是從那時才開始能一人使用寬大的床。這一切過程，是發生在我五歲到七歲之間，因此我也無從得知爸媽是以何種心情整頓好那些事。

然而……直到現在，某些東西仍可透過雙眼看得透澈。

5

爸爸和我打開電視，收看一檔跑遍全國去驗證各地美食餐廳的節目，而似乎有些疲憊的媽媽，早早回房躺著休息。

我和爸爸都明白，整天媽媽都努力讓自己看起來不要太嚴肅，卻反而搞得自己一直處於緊張狀態。電視播著這週主題，是位於慶北浦項的醬醃石蟹餐廳。據說該店使用祖傳三代的祕方，醃製醬油螃蟹與辣醬螃蟹。我想著，為何美食餐廳都一樣，都要世代相傳、用祖傳祕方去製作醃螃蟹或血腸湯飯、豬腳呢？是因為日復一日看著凌晨起床、用相同方式醃漬螃蟹的父母，所以才決心要跟他們一樣，守住餐廳、並將其發揚光大嗎？諧星出身的主持人，無論吃什麼看來都津津有味，他一按壓蟹身，飽滿的內臟和蟹肉立刻以誘人的方式傾流而出，他用一種誇張的姿態吸吮蟹肉，令人垂涎三尺。

「看那個人吃，好像真的很好吃。我們以後一定也要去吃看看。」

這是爸爸看美食節目時習慣說的話。但是爸爸和媽媽行動力不強，大概不可能會為了吃醬油螃蟹特地跑到浦項。經營司機餐廳[1]超過二十年的爸爸，也曾收到幾次負責類似節目的製作人來電聯繫，但爸爸說，他們全都是以幫助宣傳為由要求餐廳付費上節目。爸爸因此拒絕了所有邀約，但為何他會認為那些出現在電視上的那些餐廳不一樣呢？熟知內情的爸爸，還將收看美食餐廳節目當成唯一的娛樂，始終讓我覺得很困惑。

正當我開始有點倦意之際，心臟突然不安地狂跳，是因為這一天過得太順利了嗎？這是安穩而單調的一天，我匆匆忙忙地洗臉和刷牙，只想蓋上軟綿綿的棉被，盡快結束這一天。

電視上的老闆說，由於食材不足，今天營業到此為止，感謝各位光臨捧場。畫面播出送走大排長龍的客人後，餐廳老闆按下關門鍵的模樣。

今天的營業額是三百萬元！

看著字幕的爸爸，發出一聲分不清是讚嘆或嘆息的呻吟聲。

「我要睡了。」

「嗯，晚安，女兒。」

我打開房門入內的瞬間，門鈴響了。

我透過對講機的螢幕，查看站在門外的人的臉孔，不可能不知道是誰的爸爸開口問道：

「是誰啊？」

還會是誰？我喃喃自語。原本躺在房間裡休息的媽媽，也不知何時打開房門走了出來，並走在我和爸爸前面，往玄關走去，而爸爸搶在媽媽前面開門。

為什麼沒想過大叔今天怎麼沒來呢？

「大哥來啦？」

「抱歉，工作結束後才過來。」

大叔遞了一個黑色塑膠袋給我。我走近大叔，接下黑色塑膠袋，沉甸甸的袋子裡發出玻璃瓶碰撞的聲響。不用看也知道，每年就像約好了一樣，他總是帶來我們家誰也不喝的維他命飲料。我們不會把那些飲料堆在冰箱裡，而是適時轉贈給管理員或宅配人員、炸雞外送員，好好地轉送出去。

工作結束後便匆匆趕來的大叔，身上散發著三溫暖的味道，頂著一頭看起來還沒吹乾的濕髮。也許是在三溫暖裡換上了送洗的西裝，舊西裝微微飄散著洗衣店獨有的潮濕氣味。當大叔一跛一跛地走進客廳的瞬間，只有我一人感覺到整個房子微微傾斜了幾度嗎？大叔總是在這種瞬間，牢牢緊抓著我們全家人。

「用過餐了嗎？」

「吃了，吃了。弟妹啊，不要再拿東西出來了。」

媽媽可能聽懂了這句話，她走進廚房忙著準備些食物。本來也打算跟著媽媽一起進廚房的我，因為大叔一句「讓我看看我們小願的臉」，不得不坐在大叔面前。

「大哥，怎麼這麼久才來？身體還好嗎？」

「健康方面一直都不錯，我不菸不酒，還會爬山。除了腳是這副德性，沒其他毛病。」

「看見大哥狀態又更好了，我很開心。」

爸爸拿起一個原本擺在沙發上的坐墊，放到大叔的屁股下。接著拿起另一個坐墊放在大叔面前，大叔便立刻把自己的右腿放上坐墊。大叔放著好好的沙發不坐，非得坐在地上不可。只要大叔來家裡，我們全都得坐在地上聊天。

「最近一直很忙，工作規模擴大以後，要費心處理的事情還真是不少。小願都是亭亭玉立的少女了，孩子們真的長得好快。小願有好好唸書嗎？」

「有。」

我自然地握住大叔伸出來的手，笑著回答。又成功了。每次大叔一來，家裡都會剎那間變得鬧哄哄。幸好大家看起來相當和樂融融。廚房裡傳來碗盤碰撞的聲響，原本以為媽媽會端來年糕或水果，沒想到她準備了一頓飯。家裡瀰漫著牛骨湯的味道。

我們總是熱情款待大叔，無論他在多晚的時間突然現身，都不曾顯露出尷尬或不悅，也不會拒絕他的要求。大叔都不會覺得他這樣很唐突嗎？我忽然被自己冒出這樣的念頭嚇了一跳。我很好奇大叔為何每年都會在姊姊生日這天到訪，為了悼念姊姊嗎？

明明就和姊姊不太熟。

大叔總是說得自己像是姊姊在世時的好知己一樣。

總是說得自己像是和姊姊有過最後交流的唯一存在一樣。

我們不曾反駁過大叔說的話，所以只能靜靜聽他說。

……

「我吃飽才來的」，這似乎是客氣話，但「客氣」這詞彙顯然不太適合大叔……面對媽媽張羅的一桌飯菜，大叔就像個家中長輩般自然地接受了。當大叔放下我的手，拿起湯匙開始吃飯時，我有種被鐵鍊鬆綁的感覺。大叔端起碗，用猶如在山上喝泉水般的姿態，咕嚕咕嚕地清空了碗內的食物。當我識趣地又盛了一碗飯過來時，他隨即將整碗飯泡進湯裡，好像餓了三天一樣。我們盡量裝作若無其事看著大叔急著填飽肚子的模樣。時間已屆半夜十二點。如同天氣預報所言，氣溫會在入夜後下降，從陽台門縫滲入的風很冷。不知是否因為舒緩了飢餓，大叔開始談論自己的近況。

就算刻意演戲，也不會用這種語氣，就算談話內容再怎麼閒話家常，一旦從大叔的口中說出來，都像是騙子在詐騙。雖然沒有被詐騙的經驗，但騙子一定是使用那種口吻在行騙——講個不停，卻始終沒說到真正想說的話。

看著大叔，再對比爸爸，深深慶幸爸爸雖然個性優柔寡斷，但很善良和藹。我就像那種吃飽的孩子看見飢餓的孩子時，會浮現「幸好我不用挨餓」的念頭一樣，在內心比較著爸爸和叔叔，總令我有種自私的欣慰感受。儘管聊到最後就會知道大叔到底想要說什麼，但爸爸裝作不明白。大叔每次來的時候，都會對著我們談論關於自己夢想的未來。

大叔說想創業，說自己雖然現在什麼也沒有，但共事的人都表示他是值得信任的人。家境好又出身好大學的人，決定辭去好工作與他攜手創業……每次的台詞都一模一樣。就算已經聽過這麼多次，我還是不知道大叔想創什麼業。股票、基金、投資、未來價值等，是大叔話裡常出現的詞彙。尤其是「展望」，他好像特別喜歡用這個詞……。

大叔的談話完全沒有具體實踐的內容。儘管在吃飯，他依然使勁地揉著右腳，大叔的兩隻手中，總有一隻手會習慣性摸著右側的腳。

「劉願有用功讀書嗎？小願不是說過長大後要成為醫生，治療我的腳嗎？還說要賺很多錢買車、買房子給叔叔。」

大叔的記憶力真好，大叔的記性讓我很為難。

「我有用功讀書。」

「大哥，現在的孩子們每天放學以後都還得去補習班。我和小願媽媽都沒什麼讀書的頭腦，不知道她是像誰，成績才會這麼好。」

「看來小願能考上首爾大學。」

「什麼首爾大學，哈佛大學也有可能啊！」

在大叔來訪的日子裡，爸爸變得很可笑。爸爸對著不好笑的玩笑話放聲大笑、且附和荒唐的創業計畫，這樣的爸爸讓我發窘。拚命迎合的模樣，卑屈得令我無法直視。

媽媽看了看時鐘後，對著我說「你差不多該進房睡覺了」。早在媽媽說出這句話前的五分鐘，我就已經睏得直打呵欠和揉眼睛。我起身道完晚安後，便回到房間。

即便我已經將棉被蓋過頭，客廳傳來的說話聲音依然讓人精神緊繃。我提心吊膽地擔心大叔會提到錢的事。大叔在開口借錢時，態度絲毫沒有不好意思，是因為有自信能償還嗎？不，應該是就算還不出來，他也不必對我們感到愧疚。我害怕的是，爸媽即使沒錢，但因為對大叔感到抱歉而表現得唯唯諾諾。我偷聽到兩人為了既不能解約定存、又不能用信用卡借貸，而徹夜討論的聲音。

我的成績當然上不了醫學院，早在多數同學認清這個現實前，我已經有了自知之明。

收到升學指南時，目光在社會福利學系與復健學系停留了許久，或許因為這是能幫助大叔的升學方向吧？我煩惱著「考上這些學系，會不會就能多少償還大叔的恩情呢？」如果不是這些方向，未來的我無論是成為中小企業的上班族，或開一間小工作室賣些不起眼的小東西度日，我已經能想像找上門的大叔會開什麼樣的玩笑話，無法將這些話當作耳邊風的我，會為此患得患失好幾天。

「小願，你不是答應過大叔了嗎？」

大叔不斷在我周圍打轉，然後壓榨我們的方式，高超得像是有大師指點過。只要見過大叔積極的態度，就不可能隨便無視他。那種毅力與執著，很像在某部舊電影裡看過的，令人毛骨悚然的母愛。有時我甚至會想，大叔或許是在用自己的身體接住了我後，才開始對名為「我」的存在萌生了那種母愛。我揣測著大叔的意圖。他時而像是刻意欺壓，時而又像是漸進式報復的過程。

我究竟為什麼會開始對大叔的味道變得敏感？為何會開始揣度大叔的語氣與細微的習慣？為什麼會對理應感激的對象，抱持著極度不信任的心？

我注視著空蕩蕩的黑暗，一聽見從客廳傳來的爸媽笑聲，立刻像是被灼傷般驚嚇。那些笑聲裡，沒有絲毫笑意。聽著那些笑聲，隨之麻木的身體，變得猶如紙片般單薄。

火災事件後，媒體以鋪天蓋地的報導讚揚兩位國民英雄。一位是戰勝對死亡的恐懼，透過明智的判斷救回年幼妹妹後，崇高死去的十七歲少女；另一位則是不顧自己身體因此殘缺，實踐「人溺己溺」精神的四十多歲男子。

那天，大叔用自己的身體接住了從十一樓墜落的某個物體。那是被猛烈火勢包圍的姊姊，用濕棉被將我團團裹緊後，由上往下丟擲的東西。因為腦震盪失去意識的大叔，右側腿骨因此支離破碎、右側手臂骨折、全身挫傷與擦傷。原本是貨車司機的大叔失去了工作，接受超過一年的復健治療。復健期間，曾有許多媒體前來採訪大叔。他獲得不少捐款，也有很多人對他伸出援手。大叔的右腿，終究無法恢復原狀。

我搜尋著「社會福利」的定義，是幫助他人得到「幸福的人生」。

我為了大叔？不可能。

1 以職業司機為主要客源的餐廳，其中又以計程車司機為主。

第二章

理所當然的罪惡感

我一次也沒能阻止那場肆意蔓延的火勢。
熟悉的夢，唯有將我之外的一切通通燒成灰燼才肯熄滅的夢。

I

即便我沒有躲藏的理由，依然蜷縮著身體。究竟是誰？我聽見冒失的腳步聲。我面前堆疊著許多桌椅，讓我看不見來者，而對方應該也不知道我的存在。拜託你離開，我內心咆哮著，但腳步聲卻越來越靠近。雖然偶爾會有些情侶或想說祕密的同學會在五樓走廊徘徊，但第一次有人推開層層疊疊的桌椅走進來。

一名穿著寬鬆體育服的陌生女同學和我四目相交，雖然都力持鎮定，但還是被彼此嚇到的我們，都尷尬地轉過頭。雖然我很好奇她為什麼會跑來這個地方，但還沒想要開口搭話。我以為通往頂樓的出入口已經是全校最偏僻的地方了，難不成得再找其他地方嗎？想到這裡，不免覺得心煩。

我能看得見入侵我祕密基地的人的一舉一動，但還是假裝正在背單字，刻意做些無關緊要的事。入侵者有些躊躇不前，本來好像打算循原路走下樓梯，但不知是否改變了心意，忽然從口袋裡掏出某樣東西。

在有三四把鑰匙的鑰匙圈中選定一把後，她打開了通往樓頂的門鎖。喀啦一聲，鎖開了。

「嗯？」

我像個笨蛋般發出聲音。她轉頭看向我，帶著漫不經心的表情。

「想進來嗎？」

我挺起猶豫而瑟縮的身軀，跟隨體育服同學進去。

「你怎麼有鑰匙？」

「這是萬能鑰匙。」

體育服同學略顯不耐煩地看了看我。

「不是偷來的，不用擔心。就算被抓到了，也不會要你負責。」

「這樣隨便打開也沒關係嗎？」

「有可能沒關係嗎？」

我說完後也覺得很多餘，問這種問題看起來好像是在假裝單純，但我完全沒有這種意圖。現在全校共有一千兩百名學生。而之前校長說過，十年前的學生人數是兩千名。我為什麼會記得這種事呢？而現在的一千兩百名學生中，曾經有幾名來過頂樓？我突然有點好奇。

「你常來這裡？」

「偶爾。」

「我從來沒見過你啊……」

「可能是剛好錯開了。你上次吃了奶油麵包吧？我有看到麵包的塑膠袋。」體育服同學反而像是終於逮到入侵自己祕密基地的犯人一樣得意洋洋。

「你是三班吧？」

「也是啦，現在都二年級了，該知道的人早就都知道了。」我心想。

「我和金世珍一年級同班，所以知道你，你不是和金世珍很好嗎？偶爾去跟她借課本的時候看過你。」

金世珍從國小開始就一直擔任班長，國小六年和國中三年都因無人競爭而毫無疑義當選班長，她也是導師的驕傲兼顯然會成為下任學生會長的，我的好友。單憑體育服同學和金世珍是同班同學，我就能信任她嗎？金世珍是好班長，能力也非常勝任班長一職。在每天早上老師暫時收同學們的手機予以保管時，她更是第一個把真手機而非空機放進保管袋的模範生。在我升上二年級之後，大多和世珍的朋友們一起吃飯。雖然一起吃飯時也不會聊什麼太深入的話題，但世珍確實對我很好。我不認為世珍會盲目受任何人指使，即使不知道她內心是否討人厭，但她絕對不是會被抓到把柄的人。

「劉——願？我的名字是這個。」

體育服同學側身唸出我的名牌後，翻出縫於袖口內側的名字給我看，申——秀——賢。只要付一千元就能請人用金線縫製，但看起來卻偏偏像是自己縫上去的。

「你的下一堂是體育課？」

「不是，只是覺得很悶才穿體育服。」

「顏色至少也搭配一下吧。」我心想。上衣是藍色的冬季體育服，褲子是紅色的夏季體育服，看起來就像是放反的太極旗。申秀賢怎麼看都是個陌生面孔。不知是否因為她的眉毛又濃又整齊，近看時讓人感覺到的是模範、端莊的形象，跟她的穿著迥然不同。

申秀賢在頂樓徐徐漫步，這裡除了我們，再沒有其他人。

「上來這裡做什麼？」

「沒什麼，什麼也不做。」

或許她對於「什麼也不做」的答案不滿意，她說，學校裡不管去哪裡，廁所或圖書館，總是人太多、太嘈雜、太多笑鬧的事。偶爾鬧累了，想稍微脫離一下時，便會來這個地方。她接著說，雖然自己撇下所有人來這裡，但若被知道沒告知有這個地方的話，他們一定會很傷心，所以拜託我也要一併對金世珍保密。

她是在炫耀自己人緣很好嗎？不過，除了我是金世珍的好友之外，看起來對其他事毫不知情的申秀賢，讓我多少產生了些好感。因為這個長年沒有重大事件發生的城鎮，想要不知道那件事才更困難。連大學入學考試前一天三年一班學姐在教室試圖自殺的事，都能口耳相傳將近十年。這種情況下，很難會不知道在九點新聞中多次出現的火災意外報導。我邊想著申秀賢是否曾經搜尋過新聞，邊注視著正在眺望操場的她的背影，內心盼望著是因為自我太膨脹而湧上太多並不存在的擔憂。我上前，站在申秀賢身旁。

頂樓的欄杆很高，於是我們踮起腳尖，僅奮力伸出脖子俯瞰下方。一往下看，瞬間有些暈眩。大概是剛剛吃的奶油麵包和牛奶還沒消化，才會一下子逆流。這裡只有五層樓……不過才五層樓……。

不知從何時開始，只要站上稍微高一點的地方，我就會湧上一種奇妙感覺，好像自己突然變成了一個被實驗的物品。

研究主題：何種現象會發生於墜落的物體上？

我常回想起小時候看過的科學節目的實驗畫面。大小相同的三百公克鐵球與一公斤鐵球，一起從三十公尺高的大樓落下，究竟哪顆球會先落地？先落地的原理又是什麼？雖然只是個簡單實驗，卻老是讓人想將鐵球換成當時重十五公斤的五歲的我，藉由探究十五公斤的劉願從高三十公尺處墜落時，感受到的重力與空氣阻力，以及在地面上感受的波長，導出結論。

從五樓往下看，男同學們如常地在操場上八對八踢著足球。全是為了踢足球而在十分鐘內吃完午餐的同學們，但吃完飯立刻跑跳卻不見身體有任何不適，倒也相當神奇。

「跑得好認真。」

「對啊。」

頂樓是從何時開始上鎖的？記得曾經在電視劇、電影裡看過在頂樓抽菸的學生或兩派鬥毆的不良少年，老土至極的場景。頂樓似乎一直都空著。場上的足球賽看起來呈現一面倒的局面，左邊隊伍的球門五分鐘內就晃動了三次。進球的同學發出咆哮聲，連頂樓都聽得見。

「好神奇。」

秀賢淺淺地笑著說道。

「什麼？」

「沒什麼，就覺得滿好笑的。」

我試著想了想究竟有什麼好笑。我不知道好笑的究竟是在下了整夜雨的濕答答操場上穿著室內鞋踢足球，還是偶遇經常留下麵包塑膠袋痕跡才離開的頂樓大門入侵者？我從欄杆處退下，走向頂樓的小倉庫，是個方方正正的組合式倉庫，四面都沒有窗戶，因此也無從得知裡面放什麼、用途為何。組合式倉庫也被上了鎖。

「申秀賢。」

原本正在看足球的秀賢，聽見我的聲音後便轉頭看了看。

「萬能鑰匙也可以打開這個鎖嗎？」

手握著生鏽鎖頭，晃動的一瞬間發出礙耳噪音。握著門把的秀賢在打開門前問了我一句：

「非開不可嗎？」

「你看過裡面？你知道有什麼？」

「我知道。」

說著「我知道」的秀賢，過於認真的表情反而讓人覺得她是在捉弄我。好像那種明明沒有東西，還要說什麼「你背後有鬼」之類的話一樣。

「讓我們來看看吧……大概就是些打掃用具吧。」

一打開門，積滿的灰塵漫天亂竄，我們倆都用手摀住嘴巴咳嗽。

「這是什麼？」

走進倉庫內環顧四周後，看見了一格一格的鐵製收納櫃，裡面的物品分門別類好好地收納著。一格彷彿是鞋店般，擺滿了各種品牌的運動鞋與室內鞋；另一格則是改版前的體育服與制服、書名從沒見過的漫畫書、二〇〇〇年代初期的課本與習題本、漏氣的足球與排球、羽毛球拍、雨傘、聖誕節前或教師節時會用來裝飾教室的閃亮飾品……

顯然幾乎全是從學生那裡沒收，或是學生畢業後留下來，被任意棄置的東西。

「不把這些東西丟掉就算了，為什麼還要蒐集起來堆在這裡？應該不會有人現在才回來找吧。」

「他們想必也不知道這些東西在這裡吧？連老師們也是。起初或許是想著主人總有一天會回來找自己的運動鞋，但收著收著就錯過丟掉的時機了。」

我在那些東西裡認出了十年前的制服款式。我們入學時更換的新款制服不僅好看、且活動性很好，所以多數學生都相當滿意。以前的制服由於冬天的布料偏薄不保暖；夏天制服除了因為不通風搞得一身汗，而沒有褶紋的裙子，也讓人既不能大步走路，又不能一次跨兩階樓梯。

信雅姊姊是這樣告訴我的。

國小時，每次放學和媽媽一起走回家的路上，只要一遇見這間學校的高中生，我總會先偷看媽媽的神情。身穿制服的學生們，看起來長得都一樣，而這就是問題所在。

「現在就算遇上突然下雨也不會淋濕了，因為我從這裡拿了雨傘回去。如果需要的話，你再告訴我。」

秀賢從踏上頂樓前就擺出一副自己是這裡主人的態勢，十分逗趣。

此時，距離午休時間結束還有五分鐘的預告鐘聲響起。我悄悄盯著要我先走，自己則留下來謹慎鎖門的秀賢。

「你多久會來這裡一次？」

秀賢邊拋接著鑰匙，邊問我。鐺鐺、鐺鐺的聲響，使耳朵發痛。

「經常，因為我不喜歡吃學校營養午餐。」

秀賢點了點頭表示理解。「能不能複製一把鑰匙給我？」這話雖然已到嘴邊，卻還是因沒來由的不好意思而忍了下來，因為我們才初次見面。再加上，秀賢應該是能再見到面的同學，畢竟我們現在無疑是共享著同一個祕密基地。

2

我看著金世珍，雖然我只是單純看著，但她或許以為我要借筆，所以立刻打開鉛筆盒，拿出了自動鉛筆，還附上橡皮擦。

每當我慢一拍拿出課本，或是同學們紛紛離開前往外堂課教室，而我卻還坐在原位時，隔壁座位的班長一定會再告訴我一次。

「劉願啊，現在是英文課！英文！」

「劉願啊，韓國史！今天的作業。」

「劉願啊，換體育服吧！」

我都知道。我也有眼睛，我也有耳朵。不過，我依然會在輕聲道謝後，把課本放到桌上。

「今天從二十頁開始。」

我知道。我看起來就那麼愚蠢嗎？我忍住不必要的回嘴，僅是安靜地用嘴型向世珍說「謝謝」。只要上課時答題答得好，世珍都會拿出特地為我保留的學校午餐的養樂多或香蕉給我；上課發呆時，她也會告知我因為不專心而錯過的考試範圍。

早在很久之前，我就本能地察覺到許多同學對我有類似「憐憫」的情感。國小或國中時期，由於比現在更沒安全感，因此總會直接對同學表達討厭他們可憐我。到了現在，我學會假裝不在乎。有人叫我的名字也不回頭，純粹因為感到不耐煩。嘴上說著「那傢伙是怎麼回事？無視我嗎？」或「不是啦，不是無視，可能有什麼不好的事吧？」的部分同學，試著向我搭話一兩次，我沒有回應後，時間一久變成了「被劉願無視的一群人」，所以他們討厭我也挺合理。

儘管如此，記憶裡卻不曾有遭受過惡言惡行的經驗。很有可能是因為我遇到了一群好同學，他們自動將我的不合群，找到了一個合理原因——因為過去的陰影。進入高中後，看到有些同學只因為一個令人不順眼的眼神就遭到排擠，這種被同情的感覺就更強烈了。那些會導致被人排擠的「眼神」，究竟是什麼？

我是那種完全沒有朋友也無所謂的人，但因為國小時跟同學玩得還算融洽，沒人察覺，直到國中我一直獨來獨往之後，爸媽才覺得不對勁。儘管沒有當面對我的孤僻提出疑問，但媽媽問我「劉願啊，生日派對邀請了幾個朋友來參加呢？」時的眼神，透露著「該不會連一個也沒有吧？」的不安。

與媽媽的擔心相反，我確信只要自己開口邀請，就算是不太熟的同學也會盡量擠出時間出席。但自從國小四年級的生日派對上，看見大家搶著以一種你要珍惜的表情唱著「你是為了被愛而生的人」而非「Happy birthday to you」後，我便決心以後生日只和家人一起過就好。

「金世珍。」

我喊了聲世珍，她正端正坐著專心聽老師講課內容、並認真作筆記。

世珍瞪大眼睛看了看我，雖然只是用嘴型問了我一句「怎麼了」，依然能感受她的熱情。

「你和申秀賢很好嗎？」

「嗯，我們去年同班。」

世珍輪流看著我和物理老師，輕聲回答。

「你和申秀賢是同一個補習班嗎？」

「不是，秀賢沒有補習。」

世珍的聲音越來越小，即使開始顯得有些為難，她仍一一回答我的問題。

「可以把她的電話號碼給我嗎？」

我能感覺到物理老師正在盯著我們，慌張的世珍在課本一角寫了幾個字後，把課本推往我的方向。

「我等一下問問秀賢能不能給你！」

「專心。」

物理老師注意著我們這邊的動靜。看起來像是決心連我的份一起專心的世珍，加倍挺直腰桿坐好，我則直勾勾地盯著世珍側臉。

「我自己問就好。」

我在世珍寫的字底下寫道。世珍瞟了課本一眼後，又在下面寫了一行字。

「嗯！考試會考今天上課的部分。」

看起來是要我專心上課的意思。

3

今天她會來嗎？我邊吃御飯糰邊想著。我明明只上過頂樓一次，而且也在頂樓門前度過一年以上的時間，卻反而覺得此刻進不了頂樓很奇怪。我一整個禮拜都不吃學校營養午餐，待在頂樓門前吃麵包打發午休時間，而申秀賢一次也不曾出現。我很意外。

approach

向～靠近；接近。

我試著發出聲音，讀出最後一個單字。

「姊姊，週末要不要一起看電影？」

原本打算傳訊息給信雅姊姊的我，猶豫著。懷孕後的信雅姊姊，變得相當小心翼翼。儘管她結了婚，我們依然經常見面。甚至在不久前，我還認為信雅姊姊是很聊得來的摯友，雖然我們差了十多歲，但比同齡朋友早熟許多的我，一直覺得「年齡」在我們之間根本不成問題。然而，如同我只在「學校——補習班——家——學校——補習班——家」往返的生活模式，信雅姊姊也只有「家——家——家」如此單純的生活模式，我們偶爾的碰面開始經常出現不知道要聊什麼的情形。

無論情不情願，連結信雅姊姊與我的是——姊姊。姊姊即便已經不在世上，卻還是明確存在我們之間。

我久違地打開信雅姊姊的部落格。信雅姊姊會將自己喜歡的歌手和歌曲、追的劇、近期的育兒日記，甚至是團購的衣服或生活用品等多樣文章，持續上傳至這個超過十年以上的部落格。縱使在部落格裡信雅姊姊寫了很多，卻不代表熟讀後就能深入了解她。

不出所料，昨晚信雅姊姊上傳了新文章。

參加了藝靜十二周年的追悼禮拜。

日記形式的貼文，寫著信雅姊姊的反省，她寫著因為太忙碌，自己竟也不知不覺慢慢遺忘姊姊，而在與深愛姊姊的大家分享過去的回憶時，又一次次意識到自己失去了多麼美好的朋友等。信雅姊姊寫下滿是惆悵的領悟。

每次看見小願，內心總泛起陣陣漣漪。

信雅姊姊在貼文裡附上我畫的畫。

小願應該沒有看過藝靜的畫才對……很奇怪的是，連圖畫給人的感覺都很相似。藝靜以前曾在我的課本或日記本惡作劇地畫了許多塗鴉，但我卻相當喜歡那些零碎的畫。

除此之外，小願的聲音更是每每讓我驚訝不已。當她邊說著「我很想你」，邊擁抱我時，我似乎都能感覺到藝靜仍活在她的體內。

我強忍淚水，關掉視窗。我怕自己會開始憎恨姊姊或信雅姊姊之中的某一人。我下定決心，以後不會再看這個部落格更新的貼文了。

我用剩下的時間聽了一下英文聽力考古題，然後在午休時間結束後返回教室。自從那天以後，我曾在走廊上見過她的背影幾次。照理說兩班的距離這麼近，以前一定也有見過面才對，卻在頂樓相遇前對那張臉完全沒有記憶，實在神奇。如果秀賢曾經來跟世珍借過課本，就算沒有講過話，我至少也該知道名字吧？現在才開始一天出現在眼前兩、三次的秀賢，我對於她的真實樣貌感到很好奇。

五班是學校裡模擬考平均分數最高的班級，班級風氣既團結又活潑，據說老師也都很喜歡這個班。我是不是在不知不覺中以為秀賢和自己是同一類人呢？我才跟她相處了十五分鐘而已……。

今天同樣在走廊看見了一如既往地穿著寬鬆體育服的秀賢，不知她是否剛吃完午餐後散步回來，和同學們勾著手走回了自己的教室。在五班前來回踱步的我，抓住了一個正要進教室的同學。

「可以幫我叫一下申秀賢嗎？」

那個同學上下打量了我一番後，一走進教室便大聲嚷嚷道：

「申秀賢！有人找你！」

秀賢一見到我，立刻瞪大雙眼。

「怎麼了？」

我以一副沒有其他目的，僅是有需要才過來找她的姿態，開門見山地說：「借我頂樓的鑰匙。」

「喂！噓！」

秀賢將我推向角落。

「你怎麼可以說得那麼大聲！這是大家都不知道的祕密耶……」

「那個東西……不能賣給我嗎？」

秀賢噗哧一笑。

「我看你好像也不常上頂樓，我比較需要那個東西。」

「講得好像是你寄放在我這裡一樣？我也需要啊！」

秀賢思考片刻後，開口問：

「你放學後會去補習班嗎？」

由於下禮拜就是期中考了，因此有專題輔導。

「不會。」

「那你留下來，我們一起去一個地方。」

「哪裡？」

「一個地方。總之，等一下見。」

秀賢沒有說再見，自顧自地走回教室。

「她……不就是那個人嗎？」

耳邊傳來談論突然出現的我的聲音。經過這幾天的走動，讓我得知秀賢是副班長兼志工社團的社長。這麼熱心服務，是因為想獲得推薦甄試的名額嗎？關於秀賢，我只能猜測到這裡了。他們口中的「那個人」，指的就是從十一樓墜落還能活下來的「那個人」吧。頓時有些後悔來找她，秀賢會不會向同學們胡謅自己和「那個人」的關係？

……

打掃結束後，幾乎所有同學都已離開，我還坐在教室內。教室裡只剩下今天睡了一整天卻依然趴在桌上的同學，以及等待秀賢的我。這個時間，五班應該也下課了吧？打掃時間都結束了耶……秀賢沒有出現，忘記約定了嗎？

每次一下課就逃也似地搶在第一個離開教室的我，從不知道同學們離開後的教室竟如此安靜。我也是第一次知道，除了午休時間外，永遠趴在桌上的李尚仁原來會一直睡到這個時候，以及原來沒有任何人會叫醒他。他是因為只有自己一人才一直睡覺嗎？他也沒有朋友嗎？不對，比起這些事……難不成是哪裡不舒服嗎？怎麼可能睡一整天？我擔心著與自己毫無交情的同學。像這樣胡思亂想的話，時間過得比較快。怕吵醒李尚仁的我，盡可能不發出腳步聲，新奇地看著教室後面的布告欄，宛如趁著學校日造訪學校時，尋覓自己兒女蹤跡的家長般。

〔三班引以為傲的得獎成果〕

得獎欄空白到令人感覺丟臉的程度。學校裡的比賽多不勝數，像是寫作比賽、辯論比賽、寫生比賽、英文演講比賽……，卻沒有任何同學得獎。唯有寫生比賽一欄，寫著小小的「銅獎　劉願」。我心想，畢竟學期才剛開始，也是可能會出現這種情況的吧。

教室裡有隱約的灰塵氣味、微微的汗味，而穿透褪色窗簾的陽光失去了金黃色澤。

隨著等待秀賢的時間越久，緊張的感覺也逐漸趨緩。直到比較放鬆後，我才意識自己原本有多緊張。此時，教室的門被猛地打開。

「對不起，我沒多想就跟著同學一起走到校門口，突然想到你，又走了回來。」

或許是因為一路跑過來的緣故，秀賢滿臉脹紅。邊喘著氣，邊不停地說 sorry、sorry。

「放你在這裡空等，真的很對不起！我本來就有點迷糊。」

讓秀賢感覺對我有所虧欠，似乎也不是件壞事。

「我帶你去一個好地方吧。」

我假裝毫不介意地點了點頭。

「嚇我一跳！他怎麼了？」

「李尚仁。」

秀賢靠近把體育服當作枕頭，把臉埋在裡面的李尚仁。

體育服真好用。

「我看起來是好奇他叫什麼名字嗎？他為什麼趴在桌上？」

「他本來就都一直在睡覺。」

「放學後也要叫醒他啊，就這樣丟下他離開嗎？你們班的人很沒人情味耶！」

秀賢自然地搖了搖沉睡中的同學。

覺得不耐煩的李尚仁，舉起一隻手臂在半空中揮舞著。

「看吧，他叫你走開。」

始終覺得就這樣丟下他不太放心的秀賢，注視了李尚仁一陣子後才總算轉身。我出神地凝視第一次嘗試叫醒「本來就都一直在睡覺的同學」的秀賢。

「好吧，我們走。」

我沒有問她究竟要去什麼地方？我一心只想著，幸好和秀賢相伴而行沒有太尷尬，秀賢的心情看起來也不差。我們走進一個學校附近的舊社區。

「你住這裡？」

「不是，我們家在距離這裡四個公車站的地方。」

身高和我差不多，步伐卻比我大的秀賢，散發著昂首闊步的感覺。並肩走路時，我有些氣喘吁吁。

「那為什麼要來這裡？」

「現在的新公寓都是密碼鎖了，沒有密碼不是進不去嗎？」

那是一棟在重新粉刷前看來很老舊的公寓，位於學校正對面，在教室一打開窗就可以看見這棟公寓。記不清是英文課或數學課時，同學們看著倚靠粗繩粉刷外牆的工人們，脫口說出「聽說全棟重新粉刷很花錢」、「掉下來的話會摔死吧」之類的話。

由於到處都有監視器，因此為了躲過管理員，我們先搭電梯到二十樓，然後再沿著二十一樓、二十二樓、二十三樓、二十四樓走上頂樓。這次，秀賢同樣熟練地打開頂樓的門，或許是讀懂了我害怕被抓到擅闖的不安神情，她告訴我「從來沒有被抓到過」。

一上頂樓，從高處望向遠方，融合橘色與粉紅色的晚霞一覽無遺。起風了，一陣陣在低處感覺不到的強風，讓白色雲朵的飄移十分明顯。我們一動也不動地吹著風，凝望夕陽。

「為什麼頂樓都要上鎖？我住過不少公寓，卻好像從來沒有想過走上頂樓。」

「可能怕房價會因為自殺的人下跌吧？」

儘管聽起來好像有道理，但若說「沒錯」又似乎認同這個極端的觀點，所以我沒有回應。

我倒是問了另一件一直很好奇的事。

「那把萬能鑰匙是從哪裡來的？」

她說自己一年級最好的朋友的爸爸是鎖匠，那個好友把萬能鑰匙當作生日禮物送給秀賢。這個朋友很會挑禮物，令人印象深刻。但換個角度想，說不定對那個朋友而言，取得萬能鑰匙並不難，只是剛好選擇這個當禮物罷了。

「所以你們現在還很好嗎？」

「還可以，因為他是六班，我們很少見。」

「那把鑰匙可以開學校頂樓的鎖，可以開倉庫的鎖，也可以開公寓頂樓的鎖，真的很神奇。」

「嗯，但我還是不能給你。現在很難再拿到萬能鑰匙了，他說他爸現在不開鎖換鎖了，只接通馬桶的生意，聽說那個好賺很多。」

「也是啦，我家一年也要通兩次左右。」

「至少要有小偷出現才有生意吧，但這一帶實在太平靜了，不是鎖匠好生存的地方。」

「這一帶很平靜嗎？」

面對我的提問，看起來不太想草率答覆的秀賢，沉思了片刻。

「差不多吧，應該還可以。」

我試著思考自己對於「平靜」的標準。

置身頂樓，眼前所見的晚霞特別美。看不見起點與終點的夕陽雲彩，在眼前綿延不絕，顏色鮮豔得不可思議，讓人看得出神。若是受傷後感到脆弱的人，看著眼前的景象，不是因此得到了撫慰，就是看過如此美景後決心離開。

想到這裡，我感到有些害怕。

「不要出聲。」

秀賢猛然摀住我的嘴，甚至還使勁地拉了我一把。只要再稍微用力，我的頭就會撞到地面。經過防水處理的綠色地板依然維持著竣工時的滑亮，看得出來這段期間不曾有人來過這裡。正想發脾氣的我轉過頭，頂樓的門咔地一聲被打開了，是管理員。我們盡可能壓低身體，將自己藏於磚堆之後。透過狹小的縫隙，我看見管理員環顧一下子後，很快地關上門離開。他的視線匆匆掃過，沒有發現我們兩人。

「啊？」

就在驚慌的我們猶疑之際，耳邊傳來了一個聲音——是門鎖被重新鎖上的聲音。

「咦？怎麼回事？怎麼回事？喂！怎麼辦？」

雙腿癱軟的我跌坐在地，秀賢則是跑向頂樓的門，嘗試轉動門把。

「靠！真的被鎖上了！不好意思……不好意思……管理員先生！您還在嗎？這裡有人！」

管理員似乎以很快的速度下樓了。秀賢茫然失措地轉頭看著我。那個管理員也太混了吧？為什麼沒有想過這裡可能有人呢？因為他，兩人頓時陷入危機。

「我們被關住了嗎？」

「我們不是一起看見了嗎？還有什麼好問的呢？我真的第一次遇到這種事。」

原來從內側鎖住的門，連萬能鑰匙都打不開啊……萬能鑰匙也無可奈何啊……我開始有點覺得餓了，五分鐘前還完全感覺不到的飢餓感，忽然在意識到自己被關在這裡的事實後，瞬間襲來。

「喂，我餓了。」

「在這種情況下？」

原本有些慌張的秀賢，神情突然變回那個能讓人跟著放鬆的無憂無慮表情。秀賢邊搖頭邊笑，而我也笑了出來。

我跟著秀賢，鼓起勇氣從頂樓俯瞰下方。我的雙腿不停發抖，令人暈眩的高度。

「這棟公寓是二十四樓，那大概高度有五十公尺？」

「差不多吧。」

我打開書包，拿出眼鏡。因為戴眼鏡會讓鼻梁感覺比較塌，所以我平常很少戴，但若想看清楚下方，需要戴上眼鏡。打開書包時突然想到一件一直忘記的事，我翻開書包的前袋，裡面有兩個巧克力棒。細心的媽媽，為了怕我讀書讀到低血糖，很久之前就特地放進書包裡，以備不時之需。因為從來沒有發生過媽媽擔心的事，所以我連碰都沒碰過。戴上眼鏡後，我拿了一個巧克力棒給秀賢。

「Nice.」

戴上眼鏡的我往下看，除了比剛才看得更清楚外，再無其他了。一切看起來都好渺小。社區裡的人車馬不停蹄地來來去去，大家看起來都那麼適得其所，內心泛起陣陣漣漪的原因，連我自己也不清楚。

火災那時，當姊姊從十一樓看向下方，她怎麼能肯定只要往下丟，我就能活下來？大叔當時在下方仰望我時，看起來如何？看起來很小嗎？是否疑惑過自己能否接住這個被扔下樓的小東西呢？

「每當站上高處時，我總是會想，假如我們家是三樓的話，假如只有五樓的話……」

如果像現在的家一樣是三樓的話，跳下去應該也不會死才對，哪怕會摔斷手腳，也沒有關係。這是我第一次向別人提起這個話題。

「十一樓確實是太令人絕望的高度了，跳下去好像會死，待在原地好像也會死，因為火勢不斷蔓延。」

秀賢沒有回話。

「你是轉學來的嗎？」

我忍不住提問。

「我國小、國中住在南海，外婆家。」

雖然有些難為情，但心中浮上更多的是慶幸。對我的事一無所知的人，在這一帶很罕見。姊姊那麼有名，不，我們都很有名。

「原來如此，所以才不知道啊……」

「我知道，你的故事。」

然而，秀賢表示自己知情。

「我聽過，也搜尋過，所以……很清楚。」

或許是因為語速很慢吧，我能感受到秀賢的猶豫。

霎時間變得加倍暈眩的我，身體開始不由自主地一陣搖晃。

「怎麼了？」

「有點頭暈。」

「你過來，到這裡稍微坐一下。」

秀賢就像經常做這件事般，熟練地從書包裡拿出小毯子鋪在地上。

「你有姊姊或哥哥嗎？」

我先一步轉移話題。秀賢說自己是老大，還有一個弟弟，還說因為兩人無法溝通，老是讓她覺得很鬱悶。儘管我沒有弟弟妹妹，卻似乎能明白那是什麼感覺。必須讓出自己原本擁有的東西、必須聽對方哭、還有很多不必要的爭執等，諸如此類的事都令人厭煩。想必很難忍受，幸好我沒有弟弟妹妹。

每當聽到有人說「真羨慕有姊姊的人」、「真羨慕有哥哥的人」、「真羨慕有弟弟妹妹的人」時，我總是會想「你試著和他們一起生活看看」。因為姊姊和我差了十一歲，所以她常說是自己一路揹著我，照顧我長大的。雖然我沒有被揹過的記憶，但由於這些話是出自媽媽和信雅姊姊的口中，因此我對姊姊「必須心存感謝」。

「你完全沒補習喔？沒有打算補習嗎？連網路課程也不上嗎？」

「嗯。」

「為什麼？」

「要做的事太多了。」

我們現在還待在這裡，秀賢居然說自己要做的事太多了？對一個學生而言，除了讀書，還有什麼事？我覺得她的回答令人費解，但心中默默做了決定，自己不會隨便脫口說出這種話，以後也不會有這種想法。

「你在準備甄試入學嗎？」

「甄試入學？有嗎？」

秀賢意興闌珊地答道，她的回應讓我感覺困惑。

「假如學校成績不夠好的話，通常就是準備甄試入學吧。聽說你周末會去療養院，還會去流浪狗中心當清潔志工。」

「你怎麼知道？」

原本凝望著天空的秀賢，驚訝地問道。

「雖然我所有科目分數都在平均之上，但學習檔案準備還不夠，所以我也要靠志工活動補時數。你知道吧？現在得同時應付學測、指考才行。我一直都在蒐集上大學的相關資訊。」

幸好秀賢就這樣被我帶過了。儘管我內心冷汗直流，但她卻以從容得驚人的方式帶過這個話題。我曾向幾個同學打聽過關於社團的資訊，正確來說，是關於秀賢擔任社長的那個社團的資訊，只是不知為何總有種自己是在背後摸秀賢底細的感覺。我隨即開啟另一個話題。

「現在該怎麼辦？」

秀賢思考片刻後，一臉「別擔心」地撥了通電話給某人。

「你在哪裡？來接我，我被關住了。反正就是這樣啦，總之就變成這樣了。不是學校，是行星公寓一一一棟，記得躲開管理員，不要引起騷動。」

「那個……如果可以的話，能不能順便買點麵包過來呢？」

我厚著臉皮說。

「來的時候買一下漢堡，烤牛肉口味。」

「我要雞肉。」

「一個烤牛肉，一個雞肉。嗯，你要多久？」

秀賢掛斷電話。

「我尿急。」

「你還真是花樣百出啊。」

秀賢給了我一個空瓶。我還不到忍不住的程度，這就是所謂的「互損」嗎？好快樂。

「姊，你在裡面嗎？」

「快點開門，我肚子很餓。」

弟弟到了。之前把那把萬能鑰匙說得像是世上絕無僅有，但其實弟弟也有一把。這對姊弟到底撬開過多少棟大樓的頂樓呢？

面對姊姊突如其來的跑腿要求，弟弟並沒有露出驚訝或厭煩的態度。雖然看到我時稍微愣了一下，但看不出來是因為看見姊姊和不認識的人在一起，還是因為除了姊姊，還有個陌生人才顯得驚慌？抑或是我的傳聞早已傳到他耳中，因此訝異姊姊和傳聞中的人物待在一起？也許不只我感受到弟弟的驚慌，秀賢隨即說了句「我朋友，劉願。莫名其妙就變熟了，莫名其妙就被關在這了。這是我弟弟正賢，我的跑腿。」她幾句話就把狀況交代清楚。正賢對著我輕輕點頭示意後，沒再多說其他話，只是默默把漢堡遞給我。

「把你的銀行帳號給我，或是我明天給秀賢現金？」

「給我的話，就可以拿那些錢再去買一個漢堡來吃了。」秀賢說。

「不用，沒關係。」

早在秀賢把話說完前，正賢已經搖了搖手。一不小心就演變成讓初次見面的弟弟請吃漢堡的局面了。肚子很餓的我們，狼吞虎嚥地解決漢堡。如果正賢也有買自己的份，我們大可自然地並肩享用漢堡，但他並沒有買自己的份。由於不太熟的緣故，要對方吃一口自己的漢堡似乎也不太好，於是我要他「吃點薯條吧」。話一說完，正賢立刻說了句「謝謝」，並拿起薯條吃。自己買來的東西，有什麼好謝的……四目交接的瞬間，正賢便尷尬地把頭轉往秀賢的方向。

4

來到家裡的大叔，顯然又提起「錢」的話題了，儘管爸媽表現得跟平常一樣，但他們內心的波動我能感受到。爸媽很認真過生活，一路看著這一切的我，再清楚不過。他們擁有罕見的踏實，是竭盡全力面對人生的人。然而，為什麼這樣的人卻得遭遇這種事？

大叔離婚後，更常來我們家，也借了更多錢。有陣子，也不知道是不是被人追債，甚至在我們家待超過一個禮拜。即使不清楚內幕，但從他那段期間一步也不曾踏出家門來看，勢必是面臨了什麼大事。當爸媽去上班，而我去上學後，便獨留大叔一個人看家。那段期間，未經媽媽允許我不能回家。

這段時間，小願隨時都必須和爸媽一起行動。

爸爸一次又一次地叮囑，我衷心感謝爸媽早一步對大叔存有戒心。在各種層面上，爸媽非但不馬虎，還很擔憂。

大叔會坐在客廳看足球或籃球比賽直至深夜。每次為了上廁所經過客廳時，客廳裡總有一個人緊貼著電視而坐。觀看比賽的大叔，看起來一點都不快樂，永遠都像掛心某件事般，愁眉苦臉地。坐得那麼近，可是會弄壞眼睛的……看著大叔的我，心裡經常這麼想。

之後大叔依然常在深夜不請自來，然後在客廳睡一晚後離開。由於家裡只有兩間房，爸媽不會允許大叔睡在主臥室或我的房間，而我也無法容忍爸媽讓出主臥室。還好大叔接受睡在客廳，沒有過多要求地在地上鋪床棉被就睡了。

每當我因此無眠，在黑暗中睜大雙眼注視著天花板時，不知怎麼知道我失眠的媽媽總會進房，然後用溫暖的手為我闔上雙眼。假如大叔是因為喝醉才迷迷糊糊找來我們家的話，或許我多少還可以理解。但大叔一口酒也沒喝過，他永遠是神智清醒地來。這讓我很恐懼，他是否把「我們」視為真正的一家人。

除此之外，每次只要大叔睡一晚後離開，我總會不自覺地仔細檢查家裡每一個角落。大叔蓋過的被子，媽媽都會洗過一次、兩次……一定得洗兩次才會拿到陽台晾乾。

大叔因為當年的意外接受過不少媒體採訪，也得到爸媽依規定準備的感謝慰問金，以及民眾為「勇敢的義士[1]」募集的捐款。可以推測應該是一筆不小的金額。接受物理治療後的大叔，在距離我們家餐廳不遠處開了間小炸雞店。只是，那間店並沒有站穩腳步。

我記得自己小時候常常和爸爸一起在那家店吃炸雞。根據爸爸的說法，炸雞店關門不做生意的日子比開店的日子多，加上大叔三不五時就不見人影，阿姨得自己趕著送外賣，因此一再發生店裡沒人接電話的情況。就算是多有名的「義士」經營的店，都沒有「聖人」可以接受炸雞無法準時送達。

那天的大叔，除了身體外，似乎還有其他地方也跟著一起壞掉了。讓大叔從此身心殘缺的，不是別人而是我。這個事實我很難接受。

假設我摔斷一邊手臂或腿，或者因為頭朝下撞成腦子有問題的話，大叔還會像現在這樣嗎？我曾經想過，如果我的傷勢可以讓大叔無法像現在這樣理直氣壯，是那種不會致死、但造成某程度的身體障礙……如果就和大叔一樣跛腳，現在會是什麼局面呢？大叔一直強調是自己安全接下從十一樓墜落的我，是自己獨自承受了所有衝擊力道，我才能毫髮無傷。現在哪怕我只是手指因為被刀子割傷才貼了塊OK繃，他也會比媽媽更誇張地說：

小願啊，這是怎麼回事？怎麼會這樣呢？你這個孩子怎麼會這麼不小心……。

難道大叔以為自己不惹事，我們就不會自發性地感激他嗎？

無論多認真讀書，我都認為自己考不上足夠讓身邊的人引以為傲的大學；不管多努力維持好成績，我依然莫名籠罩在考不上的不安之中。即使運氣好考上理想科系，我也覺得未來無法靠著這門專業謀生。不，應該說，我一直覺得自己不該活得那麼好……每當想太多變得無力時，我會想是不是把腦袋放空、像機器一樣不要想太多，只輸出正確答案就好，問題是否就能迎刃而解？

自從那天我被救之後，甚至連不認識我的人，都安慰與祝福著奇蹟似存活下來的我。

然而，每當看見我微笑時，那些人就像這輩子第一次見到一樣，用陌生而略帶驚訝的眼神看著我。他們希望我幸福，但看到我真的過得不錯的時候，又覺得很意外。人們這麼矛盾的表現，我總是不知如何是好。

回想起一件陳年往事，在事件發生後三年，我九歲。那時的自己不過就是一個愛玩鬧的小孩，如果剛好是一個身心俱疲的人面對我，確實可能對我發脾氣。九歲的我引起的搗蛋騷亂，應該是可以被理解的吧？更何況，我本來就是個聽話的孩子，甚至比同齡小孩都更能長時間乖乖坐好……。

事情發生在我一邊溜滑梯一邊大喊大叫時。大部分在公園遊樂區的小孩，都是輪流玩耍，然後一邊大聲吼叫。一群孩子輪流玩沙、盪鞦韆、溜滑梯，邊吵架邊笑鬧。孩子即使面對無關緊要的小事，都可以發出高分貝的尖叫聲，這是小孩發洩熱情的方式。

而社區裡有位經常帶狗出來散步的老爺爺，每次向他打招呼時，總是沉默輕點一下頭的老爺爺。他牽著的小狗，可能被突然從溜滑梯上冒出來的我嚇了一跳，小狗發出「嗷嗷……嗷嗷……」的聲音後，摔了個四腳朝天。看見這幕的我覺得小狗很可愛，於是我靠近小狗，然後邊用更大的音量模仿「嗷嗷……嗷嗷……」的聲音，邊笑著。為了配合小狗的視線高度，我趴了下來。這隻體型很小的狗狗，有點不安地前後走動著。老爺爺忽然把狗抱了起來。當我滿臉笑容仰望老爺爺、看見他的臉之後，我往後退了一步。

對老爺爺滿臉憤怒的神情，我感到害怕。

「孩子，你不可以那樣做。你那樣做是不行的。」

我全身僵硬，彷彿瞬間頓悟某件事般。

我拔腿逃跑。即使已經跑回家裡，撲通狂跳的心臟卻無法平靜。老爺爺勃然大怒。無論是早上、晚上、吃飯時、睡覺時，甚至在夢裡，那個眼神和聲線始終盤旋不去。除了那句話，老爺爺沒有再多說其他話。那句話，牢牢箍住了我好久、好久……。

在那個眼神裡，我能感受到隱藏著「你以為自己能和其他孩子一樣，用相同的方式長大嗎？」這句話。

或許因為那位老爺爺，我從此長成了一個事事謹慎小心的孩子。舉例來說，在我端熱湯時，我會想像熱湯灑在手背上的那種灼熱疼痛，因此下定決心絕對不能打翻湯碗；我長成了一個極少犯錯的孩子，真的犯錯時還會被媽媽問：「這真的是你嗎？」的那種小心翼翼的孩子。

1「勇敢的義士」出自《聖經》，指願意相信、並且遵守上帝崇高道德標準之人。

5

秀賢和我交換電話號碼後，聯絡得還算頻繁。時常約好時間在午休時或放學後見面。雖然大多是去頂樓，但偶爾也會去ＫＴＶ，或像昨天秀賢要我陪她一起去挑衣服，我們便跑去逛街。不知道是否因為穿來穿去都沒挑到喜歡的衣服，秀賢後來只在服飾店買了兩雙襪子就離開。她留著可愛兔子圖樣的襪子，然後把紅蘿蔔圖樣的襪子給了我。

我們在回程的路上，發現了電子遊樂場前的拍貼機，也在那裡拍了照。秀賢的手機殼裡亂貼亂放了一堆和朋友們拍的照片，想必平常也經常玩拍貼，而我則是第一次。

我曾試過用不公開的私人帳號搜尋秀賢的社群網站，但找不到。說不定她也和我一樣，用不公開的私人帳號偷偷造訪其他人的社群網站。如果不是的話，也有可能是覺得使用社群網站很浪費人生，所以沒什麼興趣。偷偷用私帳的我，偶爾會覺得自己有些卑鄙，這樣算是有使用社群還是沒有呢？在秀賢朋友們的社群網站裡，上傳了很多和秀賢一起拍的自拍照。在世珍的社群網站裡，也有和秀賢的獨照。

對於其他人來說，所有朋友都很重要嗎？

大家究竟是如何「管理」那麼多同學的呢？

秀賢總是以相當輕鬆的態度與我相處。只是我無法確定，對於秀賢來說，自己究竟是重要的朋友，抑或是正在變得重要的朋友。我很好奇，究竟得要多親近，才能讓她感覺親近。因為秀賢，我這個月已經缺席三次補習了。雖然秀賢從未要求我翹課，是我在補習班課程與秀賢的邀約中，選擇了秀賢。向來就算接到補習班電話也不會多說什麼的媽媽，終於在我第三次缺席的今天，才開口詢問我是不是發生什麼事了。

「只是想休息一下，就這樣而已。」

還好媽媽沒有再繼續追問。

在我亂滑手機時，偶然發現了正賢的社群網站。雖然確實是正賢的帳號，卻沒有任何一張他露臉的照片。早晨的操場、放學的朋友們背影、稍微右傾的籃球框、漏氣的足球、停擺了幾年卻沒人修理的鐘塔，以及頂樓。

儘管不知道其他同學們看到照片時，能不能認出那個地方是頂樓，但我認得出來，是一張以晚霞作為背景的薯條照片。這張把薯條盒子放在頂樓欄杆上，然後聚焦在薯條的奇特照片，怎麼看都像是我們被鎖在頂樓那天拍的。

我時不時就會在學校遇到正賢。雖然正賢始終有些害羞，卻還是會對我舉起右手示意，我也會向他揮一揮右手。與正賢在一起的同學們，通通散發著和正賢一樣的感覺，清一色都是瘦瘦長長的。每次和正賢打完招呼後，原本他身旁偷看我的同學們總會用大家聽得到的音量說：「什麼？你怎麼認識那個姊姊？」至於正賢則會在稍微走遠後答道：「我姊的朋友。」

新聞以速報插播發現孩子的消息。和家人一起去溪邊玩的孩子，轉眼間已經失蹤四天了。由於這段期間下雨頻繁，溪水不但大暴漲，周圍山區也發生了土石流，因此搜救工作並不順利。孩子的母親在鏡頭前哭喊著，請求大家務必幫忙尋找自己的孩子。後來孩子在不遠處的山頂附近被發現，距離溪邊不像大家想得那麼遠。新聞字幕寫著「身體狀態良好」，畫面直播著孩子被帶上救護車送往醫院的情景。

「太好了，真是太好了！他的父母在這段期間該有多焦急啊？」媽媽說道。

你現在心情如何？

記者提問。那年火災意外當天，我接受了採訪。一個五、六歲的孩子在那種情況下，怎麼可能說得出什麼，但孩子卻依然靠近記者們遞上的麥克風，口齒不清地說了些「什麼」。網路新聞裡，完整播出了臉上還殘留著火場濃煙留下的黑色痕跡、躺在床上的我，還有我那被一群陌生人包圍著的天真笑臉。

你記得火災的事嗎？是怎麼發生的？

很燙，很害怕。

從高空被拋下來的時候怎麼樣？不害怕嗎？

（稍微猶豫後，低聲呢喃）很有趣。

當時的我，暫時被交給外婆照顧，爸媽則是忙著準備喪事。我被記者採訪的畫面，就發生在外婆為了辦理住院手續而稍微離開之際。儘管媽媽已經立刻要求報社撤下我的照片，但我的臉早已被截圖標記「從十一樓墜落卻毫髮無傷的棉被小孩」、「恩情洞慘案的唯一倖存者」之類的標題，流傳於各種媒體。

—雖然不該說這種話，但孩子滿可愛的。
↳精神有問題嗎？
—可是姊姊居然去世了……願逝者安息。
—聽說救活那個小孩子的義士傷得很重。
↳為什麼會有想接住墜落小孩的念頭？
—孩子的體重比較輕，存活率反而比成人高。
↳誰說的？這是有根據的說法嗎？
↳聽說貓從十樓掉下來比從三樓掉下來的存活率高，是類似的原理嗎？
↳完全不相關，孩子又不是貓。
—真可憐，看來孩子還不知道姊姊過世的事，笑得那麼開朗……。

—以後想必會很愧疚。

—如果我是媽媽的話，會把所有財產都給那個接住孩子的大叔。

└胡說什麼……難不成是抱著這種期待才救孩子的嗎？看來是以為世上的人都和自己一樣吧。

└聽說大叔的腿骨都碎了，他們必須一輩子負責吧。

—孩子啊，看來是上天保佑。你一定要健康長大，然後也成為幫助別人的人。

—是上天對孩子的眷顧，才特地派了天使降臨。

該怎麼說這些留在舊報導底下的留言呢？該說是太豁達嗎？不知人間疾苦的嘈雜留言，保存時間似乎久得莫名。分明盡是些刪除也無所謂的報導與留言、人們的想法、痕跡。

他們記得我嗎？他們知道那個孩子長大後，偶爾還會回來看這些報導和留言嗎？是啊，這一切對他們而言有什麼重要的？我當然知道。

每當我想要更喜歡自己的時候，只要想到大叔救了我這件事，我就會開始冒出遲疑的念頭。我真的可以嗎？

—找到孩子的志工沒有酬謝獎金嗎？

—不就是因為父母沒有看好孩子，才搞得上千人得在這種炎炎夏日累得要死要活嗎？

—明明不是我的孩子，卻擔心到這幾天什麼事也做不了。孩子，真是慶幸啊。現在你的命已經不只屬於你自己了，希望你能懷抱一輩子奉獻的心活下去。來自遠方為你加油的老爺爺。

經過了十幾年，上演的戲碼依然沒變。「慶幸你活下來了」、「謝謝」、「加油」，光是因為孩子平安回來，寫下過度關心的此類留言，在在都讓我感到困惑。看著一切的我忍不住想，不就是些毫無意義的關心嗎？

「劉願，你有注意時間嗎？快點吃，要遲到了。」

「媽，你明天有要去哪裡嗎？」

「沒有啊，怎麼了？」

「找個地方去吧。」

「怎麼啦？有什麼地方想和媽媽一起去嗎？去買衣服嗎？」

「不是，只有爸爸和媽媽兩人，去約個會再回來吧。」

「爸爸說想約會嗎？這種事為什麼要跟你說？爸爸還真好笑！」

有別於爸爸，媽媽缺乏一聽就懂的默契。

「不是啦，那個……不是爸爸說想去約會，我是想拜託你把家裡空出來一小段時間。」

「嗯？為什麼？說說你的原因。」

「我想帶朋友來。」

雖然媽媽的眼神有些驚訝，卻仍盡力保持平靜地問我。儘管她真正想問的是「你也有朋友？誰啊？」但想保護女兒自尊心的態度很明顯。

「不久前才變得比較熟，不對，可能還不算熟吧？就是正在互相熟悉的朋友關係，嗯……講起來好像有點怪。反正她說想來家裡玩啦。」

「啊……了解，我了解。」

不知道到底有沒有理解我說的話的媽媽，最後只說了句「家裡太亂了，得大掃除一下才行」。

⋯⋯

按照約定，一大早就起床的爸媽，匆匆離開家。難得休息的禮拜六，兩人也不多睡一陣子，像是刻意擬定了什麼計畫般，把家裡空出來。或許有些放不下心的媽媽，來回環顧了家裡好幾次。

「小願，你棉被摺好了吧？」

「我什麼時候起床會摺棉被了……」

儘管忍不住嘀咕，我還是把棉被摺好了。媽媽說，無論關係多親近，還是得遵守待客之道。

「冰箱裡有很多肉和小菜啦，但拿那種東西出來吃好像有點麻煩？你們不都喜歡叫外賣嗎？炸醬麵之類的。」

「不是炸醬麵，是炸雞或披薩。」

媽媽邊說著「是喔」，邊把錢放在餐桌上後，關緊瓦斯開關閥。

「玩得開心點。」

媽媽是看起來最興奮的人。我訝異地思考著她如此激動的原因，或許是過去這段時間的我看起來很孤單，甚至有些憂鬱？才讓媽媽擔心了。

「請進～你想喝什麼嗎？」

「你是第一次邀請朋友回家吧？」

「才不是！但國小以後倒是第一次。」

「天啊，我還以為電視劇裡才會有這種事。」

我看著秀賢先是弓著腰把包包放在沙發一角，接著又把脫下的外套垂掛在沙發上，她泰然自若地用遙控器打開電視。

「你一定要這樣說嗎？」

「讓你不高興了嗎？」

「的確是讓人聽了不開心的話，但因為是你說的，所以就還好。」

事實如此。秀賢向來就是有話直說的人，我卻沒有因為那句話而不高興。

「大家都說那是我的魅力所在。」

「真好。」

「你家很棒耶，我總有一天也要住這種公寓。」

「這好像老奶奶會講的話。」

「端點什麼東西出來吧。」

當我一端出裝著水蜜桃和葡萄、藥果[1]的托盤出來時，原本正在看電視的秀賢立刻笑到喘不過氣。

「哇！待客之道很周全嘛！」

「家裡能吃的東西，只有這些了。要不要點些什麼來吃。」

「我要吃炸醬麵！」

我頓時靜止，看見我表情的秀賢，歪著頭詢問「怎麼了？」

「沒什麼。就……炸醬麵很好啊，我想吃什錦蓋飯，然後再點份糖醋肉吧。」

秀賢放聲歡呼。

「我好像好幾年沒吃過水蜜桃了，而且還只吃過罐頭的。」

秀賢用水果刀將水蜜桃切成適口大小，看著她熟練地旋轉著刀削果皮且不會斷的功力的確厲害。當我用叉子叉起一塊水蜜桃遞給秀賢時，她先是說了句「太棒了！」才收下。

秀賢的即時反應，總是令我感到驚奇，那些毫不經過算計就能自然脫口的話語。如果想擁有很多朋友，是不是就該像秀賢這樣？如果是這樣的話，我以後應該也不會有什麼朋友了。

參觀家裡的秀賢，端詳起放在客廳櫃上電視旁的相框。即便我眼中注視的是秀賢背影，卻相當清楚秀賢的視線在姊姊的照片上停留了很久。來我們家的人，大部分是如此。外婆是這樣，信雅姊姊也是這樣，連大叔有時都會專心凝視姊姊的照片。總之，姊姊留在這個家的痕跡太多了。雖然媽媽嘴上說被那場大火燒得一點不剩，但根本不是。

我受夠姊姊了。

浮現這個念頭後，我打了個嗝。

「我們去參觀房間吧。」

我的房間，真的沒什麼特別的。要說有什麼值得炫耀的東西，大概只有一蓋上就能像魔法般即刻催眠的軟綿綿極細纖維棉被而已。秀賢想必參觀過很多同學的房間吧？我的房間有在水準以上嗎？還是低於平均值？其他同學都在朋友的房間裡玩什麼？是不是看著超大本相簿裡的幼稚園畢業照之類的照片捧腹大笑？還是會說著「原來你是讀這種書長大的？」「我家也有世界文學全集！」或是「你也讀《德米安》[2]喔？」或者拿出新上市的化妝品，邊說著「世上才沒有顏色一樣的唇膏」，邊塗抹各式各樣的產品後，拍照上傳到社群網站？

我也想看看秀賢的家，秀賢的房間。不知為何，總覺得秀賢的房間應該有很多值得一看的東西。書桌上的童年照片、一大堆穿著制服和朋友一起拍的大頭貼、抽屜裡一定有巧克力或糖果，以及雖然有點亂，卻充滿了秀賢痕跡的書桌。說不定還會在日曆上標註某個朋友的生日或特別聚會。

早知道就先買些能輕鬆打發時間的桌遊放在房間裡了……只是，萬一秀賢問我「是和誰一起玩？」我也不知道該怎麼回答。

「喂！你房間怎麼可以這麼空？你自己在房間都玩些什麼？」

秀賢的心直口快超乎想像。

「讀書。不玩，只讀書，我這個全校前一百名。出去啦……」

我推著秀賢的背，將她送出房間。

「全校前一百名的話，也算是前段班耶，謝謝你還對我這麼友善。」

秀賢一臉完全不受打擊地說著。

外賣送到後，我拿了個碟子過來，並將煎餃推往秀賢的方向。

「我要開動了。來吧，你吃這個。」

秀賢將醃蘿蔔遞給我。

「免了，我要吃糖醋肉。」

「原來是因為這樣才把煎餃給我的吧？」

我們一邊看著電視劇，一邊吵吵鬧鬧。明明是部五十集的電視劇，秀賢卻在十分鐘內替我摘要了五十集的劇情。

「她和她是同父異母的姊妹，然後姊妹愛上同個男人。他，嗯，就是他，是化妝品公司的老闆，老闆喜歡姊姊，但姊姊以為他喜歡的是妹妹，所以打算把他讓給妹妹，可是妹妹不懂姊姊的心意，還一直欺負她。不過，不用講也知道等下一集公開祕密後，兩個人就會和解了。妹妹大概會出國吧。」

我用十分鐘完全掌握五十集電視劇的脈絡。

「這麼老套的劇情，何必還要追著看完五十集？豈不是至少得花五十個小時在看那部電視劇嗎？」

「就因為是都知道的老套劇情才要看啊，就像你明知道炸雞和炸醬麵的味道，還是照吃不誤一樣。」

我無法同意秀賢這個論點，秀賢也無法被我說服。我們為了雞毛蒜皮的小事吵得誰也不讓誰，不斷轉換著電視頻道。

「你爸媽什麼時候回來？」

不知不覺間，日落的天空已變得昏黑。說著「差不多該離開了」的秀賢，起身離開座位。

「今天應該會晚點回來。」

是我要求他們晚點回來的。他們說不定在家裡某處裝了監視器，說不定因為好奇我們都在做什麼，所以正在某個地方盯著我們。原本想說出這些無聊玩笑話的我，最後僅是支吾以對。

「啊，是因為餐廳打烊時間比較晚吧？」

雖然秀賢說得像是現在才終於想起來似地，但我什麼時候告訴過她爸媽在開餐廳？我完全不記得。

「你要告訴爸媽會晚點回去。」

「我們才不會連這種事都一一報告，因為媽媽永遠是最晚回來的，說了也沒用。」

1 藥果是韓國傳統糕點，以蜂蜜、芝麻油、小麥粉製成；因傳統認知蜂蜜具治癒療效，因此被稱為「藥果」。

2《德米安：徬徨少年時》為德國作家赫曼·赫塞在一九一九年出版的作品，受歡迎超過一個世紀。

6

信雅姊姊傳了孩子的照片給我，孩子比預產日晚了一個禮拜才出生。打從出生起，就是個悠哉的孩子，就是個不慌不忙的孩子。即使信雅姊姊可能有些焦急，但我倒覺得那正是孩子人生的好預兆。孩子的臉目前還看不出比較像信雅姊姊或姊夫，就只是紅紅的、小小的、皺巴巴的。

—有女兒的感覺如何？

—心痛。

—什麼意思？可愛得讓人心痛嗎？

—以後你有小孩之後，自然會懂。

—孩子的名字決定了嗎？

——還沒有，候選名單太多了。

——等三七日[1]過了再去找姊姊，太想看孩子了。

——下禮拜會離開月子中心，那時就來吧。

——不行，外婆說生完孩子得等二十一天後再上門拜訪，才是禮貌。

——哈哈哈，隨便你。

——好好照顧身體啊，姊姊。

見到信雅姊姊時，我要告訴她交到朋友的事，信雅姊姊一定會比任何人都替我開心。信雅姊姊曾經為了幫我交到「真正的」朋友，特地動員和我同樣年紀的姪女。雖然信雅姊姊的姪女是個好人，但她似乎知道我太多事了。對我的一切百分百配合，配合到讓我懷疑是不是能從信雅姊姊手上得到什麼好處的程度。感到不自在的我和她斷了聯絡，而姊姊似乎也很擔心會不會因為這件事又帶給我另一個創傷。

我幾乎不曾因為沒有「真正的朋友」而感到孤單。學校裡對我友好的同學非常多，加上參加實地學習或體育競賽時，身邊總會有些適度陪伴著我的同學，我覺得這樣已經足夠了。

我活得相當忙碌，一下參加辯論比賽，一下參加寫作比賽，反正老師鼓勵參加的比賽，我通通參加了。國中時，也曾在參加道[2]政府舉辦的水火箭比賽獲得銀獎。每天得裁切十個容量一・五公升的寶特瓶製作火箭。助教會熟練地在數秒內組裝好發射器，而我則在三分鐘內裁好寶特瓶，再以膠帶黏貼，並調整水量後，裝上發射架。由於水火箭一旦發射後，前半部就會變扁，因此無法再飛第二次，全程只有一次機會。

從國中開始，我每個星期一二三四五六日都得去補習班。爸媽一次也不曾強迫過我，我只是稍微早些體認到了像自己這種不可能自主學習的孩子，唯有前往嚴格的補習班才有辦法提升成績。

如果沒有那場意外，我是否能活得更隨心所欲？

即使不努力，也不會內疚；即使犯同樣的錯兩三次，也不會焦急。

但，我總有一種被什麼追趕著的感覺。

我每天都要補習，所以只能在週末挑一天和秀賢見面。明天見面時，要告訴秀賢自己多了個姪女，讓她看看孩子的照片。我不知不覺在想著明天要跟她聊些什麼。第一次有這種感覺的我，有點不好意思。真期待她的反應——總是活靈活現的表情、還有不會讓人感到不悅的語調。

秀賢每週有一次志工社團的行程，就算沒有社團行程的週末，也總有其他安排。好像有個得去遙遠之處的戶外活動。不知道是否怕別人想太多，所以在我開口問她之前，她通常不會一一說明自己要做的事。儘管她沒有說，但從我和她相處時的情況，可以看出秀賢有點累。秀賢雖然不至於會為了發起拒買的抗議活動衝鋒陷陣，也不使用社群網站。但她卻相當熱衷於在社會新聞的報導底下留言，並且在談論某些特定議題時，絲毫不讓步。

對於大部分事情都能從容以對的秀賢，偶爾會在針對看似與我們毫不相關的政治議題發表意見時，聽見我脫口說出「政治人物不都一樣嗎？」她會回我「才不是！」或者提及我根本不認識的政治人物的政策時，會忽然變得很激動或惱怒。這種時候的秀賢，總讓我目瞪口呆。秀賢的認真態度，讓我無法隨便說出「現在不懂那些事應該也沒差吧？」這種話。有時候，她也會去短期打工，在每次領到日薪時，就買原子筆送我或請我吃飯。

就像「我」之所以成為現在的「我」，是因為某些原因累積造成的。而秀賢的起點又是什麼呢？為什麼她變成現在的「她」？我很好奇。

1 指稱孩子出生後的第三周，即期滿二十一天；韓國傳統認為三七日意味著因懷孕脫離日常生活的孕婦重回日常，並藉此將孩子介紹給親朋好友的適當時期。

2 韓國中央政府下的行政區劃分單位，類似於「省」。

7

秀賢說，今天的抗議活動是一人抗議——幸好——無法容納兩人。我清楚記得補習班這週末有針對期末考的專題輔導，卻實在無法對著向我提出：「陪我一起去。你會去吧？會去嗎？」的秀賢表示無法同行。當我詢問志工社團的同學是否會一同前往時，她說，這次活動是個人報名申請。由於申請參加「接力抗議」的人太多了，因此這個月的報名人數早已爆滿。雖然不明白到底是什麼了不起的事值得大家一個接著一個參與，我卻不由自主地說出「真了不起」。話才一說完，秀賢便接著說「下次一起參加吧」。秀賢始終相信我會加入志工社團。我心想，原來這個世界勤奮、有行動力的人比想像中來得多……原來秀賢也是其中之一……原來我和那樣的人合得來……。

我仰望天空，昨天還下著滂沱大雨，所以想著萬一今天得淋雨抗議該怎麼辦的我，看著豔陽高照的天氣，覺得倒不如淋雨。不過才走了一下子，就能感覺汗水沿著背脊流下。或許是讀懂了我臉上的擔憂，秀賢笑著對我說「喂！死不了。」

我從包包裡拿出防曬乳，擠在秀賢的手背上。

「快點塗均勻。」

秀賢將防曬乳仔細地擦遍手臂與雙腳、臉，雖然炎熱的天氣好像會讓防曬乳被汗水沖掉，但除此之外，我也沒有其他事能為她做了。秀賢要我去待在對面的咖啡廳裡看著她，走進咖啡廳前，我先在秀賢腳邊放了一瓶水才離開。走進咖啡廳才總算有活過來的感覺，點了冰可可和紅蘿蔔蛋糕的我，坐在窗邊。路過的群眾紛紛瞥了秀賢一眼，有些人會暫時停下腳步，專心看完抗議舉牌後，輕拍秀賢的肩膀表示鼓勵。不久後，帶著攝影機的人將麥克風遞向秀賢，並接續她的話，再替她拍照。秀賢看起來相當疲憊。

「認真好好生活，做個良善的人吧。」

原來得費那麼多心力……我大概辦不到。

我翻開之前讀了一半的書，書中主角因為外貌與眾不同，承受許多痛苦。認為痛苦正是活下去的原因的他，即使接連遭遇不幸，也從未想過逃避或躲藏。主角都是如此吧，也沒什麼。邊讀著主角的悲慘故事，邊將甜滋滋的蛋糕放進嘴裡，心情很矛盾。我時而喝著甜到有點膩的冰可可，時而抬頭確認秀賢的情況，耳邊迴盪著鋼琴樂聲，甚至還向櫃檯人員提出「把冷氣溫度調高點」的要求。

對於自己的生活，我無法委屈退讓。我沒有那種自信。

讀完整本書後，我回過神，太陽也正在徐徐落下。此時，正好看見以下一棒打者姿態出現的男孩，從秀賢手中接過抗議舉牌。我趁著兩人交談時整理好座位，並加點一杯冰飲料，走了出去。

「呼——熱死了！現在才總算活了過來。」

一吸進我遞給她的草莓果昔，秀賢立刻開始深呼吸，我們在樹蔭下靜靜地坐了一段時間。我從包包裡拿出一本薄薄的答錯題目筆記，替秀賢搧搧風。

原來我是為了這麼做才花時間等待……這種程度，我應該還做得到。

看起來有點中暑的秀賢，傻笑著。

「劉願啊……」

「你的臉很紅，我們去附近的大樓洗個臉吧。」

秀賢闔上雙眼，靜靜待了好久，似乎筋疲力盡了。

「謝謝。」

「快走吧。」

「像這樣和你在一起的感覺好神奇，不久前我們還互不認識耶……」

「對啊。」

「我覺得自己真的太不了解你了。」

秀賢用微弱到快聽不見的音量說道。

8

秀賢家在距離地鐵站步行約二十分鐘的地方，五層樓高的商用大樓，看起來相當老舊。那棟建築一樓是服飾店、洗衣店、小吃店，二樓是撞球場，三樓是按摩館，基本上都很冷清。四樓則完全閒置，不難看出這裡是個生意不好的地方。由於是個完全忽視住家功能的商用大樓，因此當秀賢駐足於某道門前時，我頓時有些不知所措。直到見到占據客廳正中央的紅色曬衣架前，我還是覺得這裡應該是不動產辦公室。

「我媽負責替這整棟大樓打掃，然後平常會在隔壁大樓的牛骨湯店工作。」

「原來如此。」

「我們搬來這裡前，我、正賢和媽媽睡同一個房間。現在是三個人各自用不同房間。聽說這間本來是自修室，所以我們算是各自睡在自修室一號、二號、三號。不知道是否因為風水很好，我睡得滿好的。」

「真的？如果做惡夢的話，可得來你家一趟了。」

秀賢帶我到她的房間，光是一張書桌和一張單人床墊就已占滿整個房間，卻處處可見秀賢的痕跡。無論是門或四面牆上，都貼滿了和朋友們一起拍的照片，以及某偶像的兩張大型海報。一想到明明只是隨炸雞套餐附贈的海報，但她卻說自己是為了得到海報才點了套餐，我就覺得很好笑。再加上這偶像最近才因為闖了禍退出演藝圈，於是又更好笑了。

「你喜歡他喔？」

「嗯，以前喜歡，最近沒有了，因為撕下來的話會連壁紙一起撕掉，所以才繼續貼著，不要誤會。」

「我又沒說什麼。不過，我倒是第一次看你講話這麼結巴。」

一聽見我哈哈大笑的秀賢，立刻把我推倒在床上，而我趴在床上繼續笑。

堆著筆電、漫畫、小說的書桌，看起來是個很難讓人專心的地方。不知道課本是不是通通放在學校的書桌裡了，連一本都沒看到。

「你真是始終如一。」

「你等一等。」

秀賢打開書桌的抽屜，拿出某樣東西給我——一本不知道是否因為被水浸濕，而導致封面皺巴巴、且書背發霉的舊書。等我讀了書名後，才意識到是一本很久以前出版的文集。

「我已經盡力清理了，還是沒辦法完全弄乾淨。」

目錄分為散文、詩、小說、遊記等類型，並且按照姓氏筆劃順序標記參與的一年級學生姓名。書中收錄地區寫作比賽的獲獎作品，以及數篇學校為紀念護國報勳月[1]舉辦寫作比賽的獲獎作品，我在小說類看見了熟悉的名字。

1-5　劉藝靜〈透明人〉

「你早就知道這是我姊寫的東西？」

「嗯。」

「怎麼會？」

「就……你姊不是很有名嗎？」

小心選擇用字遣詞的秀賢，以「知道這個也沒什麼吧」的態度回答。她似乎在很短的時間內，徹底根除了我腦中浮現的懷疑。

「真的就這樣？」

「不然呢？」

「沒有，我也不知道。」

姊姊的這一面我相當陌生。

「這是哪裡來的？」

「學校頂樓的倉庫，不是刻意找的，只是東翻西翻的時候，發現它在那裡。我想說你大概也沒有這個東西吧，所以拿來給你。」

我看見貼在小說題目旁的，是姊姊高一時的點名簿照片。那個比現在的我還小一歲的姊姊，看起來是個端莊正直的模範，同時也給人些許敏感、神經質的印象。兩種不同的個性，如何共存於一張臉上呢？我像個初次見到姊姊的人一樣，細細端詳了那張照片和姊姊寫的文章好久、好久……。

那是篇關於有個孩子某天突然發現自己的身體開始沒來由地變得透明的故事。除了敘述了許多一般人對透明人的各種幻想，像是報復或在商店裡把自己想要的東西一掃而空等情節。不過，在讀完以詼諧筆法描寫透明人為了向家人朋友證明自己的存在而拚命努力的段落後，卻莫名地感覺悲傷。由於自己不被看見的緣故，因此接二連三地與人發生衝突。為了顯示自己的存在而拿了一個藍色氣球在手上的場面，同樣使人感到淒涼。

「該說什麼呢？」

「你以前和姊姊很好嗎？」

「聽說是。」

「也是啦，大概記不得了吧。」

「我和姊姊的年紀不是差很多嗎？所以大家總說我是姊姊帶大的。聽說我姊就算不補習，功課還是很好，而且得過很多獎。聽說有很多朋友，也從來不闖禍。總之，大家都說她很乖。」

坐在床墊上的秀賢抬頭望著我，沒有任何回應，僅是靜靜聆聽。

「認識姊姊的人都是這樣說的，『姊姊是個做什麼都會成功的孩子，真是太可惜了』、『不應該是就這樣離開的人』、『應該要好好長大才對』……把我從十一樓丟下來的那件事，大家都說是因為姊姊的機智與勇敢，才有辦法做出那個決定。」

「一個人有可能那麼完美嗎？」

「或許是為了讓我感到驕傲，才更刻意抬舉姊姊吧。只是，為什麼我會討厭聽到那些話呢？到底想要我怎麼樣？」

我無法相信自己竟然向某個人坦白了對姊姊的真實想法。忽然間，淚水從眼中傾瀉而出。

「人們似乎有種覺得回不來的人始終最美好的傾向，再加上意外有了捨己為人的行為，自然又被包裝得更好了。啊……我的意思不是說你姊姊被美化了。」

在這種時候，秀賢依然有話直說。

「大家一定要你『連同姊姊的份一起幸福』吧？然後還要你『加倍努力活下去』？」

「對。」

「連剛剛好的幸福都這麼難了，怎麼可能還要活得加倍幸福？」

發洩過後，心裡似乎輕鬆了些。

在我們聊天時回到家的正賢，看見我後顯得有些驚訝。秀賢準備好餐點後，我們一起吃晚餐。或許我、秀賢和剛從自修室回來的正賢通通錯過該吃晚餐的時間，所以連一份泡菜鍋都能配上兩碗飯。不知道是不是光吃飯吃不飽的關係，正賢甚至還煮了泡麵來吃。原本打算連湯都喝光的正賢，看見我用手指著泡麵，簡短地說了句「鈉太多了」後，便默默放下鍋子。

⋯⋯

秀賢不在時，我和正賢也經常見面。沒做什麼特別的事，只是會在補習班下課後一起去公園走一圈，然後正賢就送我回家。平日的話，正賢基本上都一個人在自修室讀書，我將自己去年寫的題庫和答錯問題筆記，借給獨力讀書的正賢。說著因為我的字太醜而看不懂寫什麼的正賢，用手機拍了筆記頁面後傳訊息給我。起初幾次，我都會寫很長的解析再回傳訊息給他，後來我提議乾脆直接見面討論，而我也一一幫他解題。

肚子餓的時候，我們會去便利商店買東西吃；正賢吃杯麵，我則是吃便當。或許是為了報答我，正賢傳了一份適合睡覺時聽的歌曲清單給我。除了練習聽力測驗外不會戴耳機的我，第一次為了聽歌打開那個應用程式。偶爾會覺得自己讓正賢有些不自在，偶爾又覺得他只是單純的害羞。總之，有時感覺滿微妙的。

儘管秀賢和正賢老是不承認，但看在我眼裡，兩人是一對感情很好的姊弟。表面上對正賢很隨便的秀賢，其實心裡經常惦記著他。正賢看起來相當穩重，既不抽菸也不會張口就說些低俗話，與那些渾身散發汗味卻不自知的男孩們不一樣。

挑選音樂時的正賢，看起來很慎重，有時會感覺他略顯憨厚木訥。一個如此彆扭的人，竟表示自己想讀戲劇電影系。我內心確實想過再也沒有比正賢更無趣、不好笑的人了，卻仍會不經意憂慮著「這種性格也能當藝人嗎？」既不顯眼又無比平凡的、可有可無的這種人。面對正賢，我總能肆無忌憚。這樣的人，在我的人生中相當罕見。當男同學們的體型不知從何時開始突然長高後，只要他們一接近，我都會不自覺後退閃避，可是正賢不會給我充滿壓迫的感受，反倒很輕鬆自在。

正賢說自己幾乎聽遍市面上所有歌手的音樂，也就是說連上傳到音樂串流平台上的不知名歌手、獨立樂團、沒有出現在主頁上的人的新歌都全部聽過。正賢選的音樂十分多樣化，既不是特別憂鬱也不會太嘈雜。除了有我平常不會聽的嘻哈音樂，甚至還有尖銳得會讓耳朵隱隱作痛的重搖滾樂。

我戴著耳機睡著的日子越來越多了，甚至開始徹夜循環播放正賢的音樂清單。

1 六月為韓國的護國報勳月，用以宣揚愛國心與表揚為國貢獻的人。

9

火勢近在眉睫，我猛地起身。緊咬著我不放的火勢從天花板裡竄出，火焰的另一端，傳來令人無法忍受的哀號聲，我完全不想知道發出哀號聲的究竟是誰。

無論是從我房間燒到爸媽睡覺的房間，或是從我的夢中燒到十二年前我和姊姊睡覺的客廳，我一次也沒能阻止那場肆意蔓延的火勢。

熟悉的夢，唯有將我之外的一切通通燒成灰燼才肯熄滅的夢。

IO

外頭風和日麗，難得提早下班的媽媽打掃完家裡後，最後才開始將盤子通通拿出來擦拭乾淨。或許是擔心我會上前幫忙，所以叮嚀了兩次「去沙發坐著」、「坐著看電視就好」，別人看見的話，還以為我曾打破過什麼昂貴盤子。對衣服或包包沒什麼欲望的媽媽，唯一有興趣的東西是「盤子」。

媽媽常若無其事地提起「以前家裡」的法國、義大利、日本品牌的盤子，被大火全部燒得一點不剩的那些東西——無論盛裝什麼食物都讓人垂涎三尺的盤子；因為印著可愛的兔子與紅蘿蔔，所以裝進任何食物我都不會偏食的沙拉碗；適合沖泡紅茶的茶具組；外婆在媽媽結婚時傳承給她的盤子。看著三不五時就重複提起那些盤子故事的媽媽，我能感覺那似乎是媽媽一生中唯一遺憾的事。媽媽彷彿完全不自覺那些盤子究竟是如何消失般，而我也只能靜靜聆聽。

雖然媽媽也說過會像外婆一樣在我結婚時，將櫥櫃裡所有盤子全都傳承給我，但不知為何我覺得那些盤子應該不可能搬進我未來的家。我既不迷戀那些東西，也從未有過渴望擁有的念頭。媽媽真的很喜歡蒐集盤子，就算家裡喜歡杯盤的只有媽媽一人，她依然會偶爾變換陳列方式，然後心滿意足地凝視。

媽媽會在我二十歲時，邁入六十大關。原本始終感覺「六十歲」很遙遠的媽媽，也在外婆從幾年前經常一臉認真地告誡她「你很快就是耳順之年了，要好好照顧身體」後，開始變得焦躁不安。

國小時，我能相對清楚地意識到媽媽的年紀，無論是體育競賽或學校日時，媽媽看起來總是比其他媽媽們來得從容，或許因為神情比較開朗，嗓門也比較大，我才有一種媽媽比其他媽媽更成熟世故的感覺。

熬過孩子死亡的父母，某個部分瞬間衰老的父母。

我坐在沙發上，一邊吃餅乾，一邊轉換電視頻道。電影台正在播映《阿甘正傳》，我一次也不曾從頭看到尾，卻已看過結局多達三次還四次。「珍妮！珍妮！」阿甘正在跨越噴水池。

媽媽把盤子都整理好之後，挑出一個喜歡的盤子，盛著洗淨的聖女番茄和奇異果走了過來，媽媽甚至還哼起了歌。

媽媽走到我面前，然後坐下。有時，媽媽看起來若無其事的樣子反倒令我憂心。我能從大部分認識姊姊的人身上，感受到他們對姊姊的自豪——關於姊姊拯救了他人後死去一事。換句話說，他們認為姊姊的死亡跟一般人的死亡不同，因此油然而生了一股欣慰感。我也明白，這一點正是讓媽媽比其他罹難者家屬更快恢復平靜的動力，因為她在心態上比其他死者家屬處於更高的位置。我是媽媽留在世間唯一的女兒，也是證明姊姊是個好人的證物，更是延長姊姊已終結人生輔助般的存在。

這樣的想法會太過分嗎？

「吃點水果。」

「媽，你知道這部電影嗎？」

「當然知道啊。話說昨天補習班老師打過電話來，是第幾次了呢？明明是沒去上課的是你，老師反而比你更焦慮。總之我先請老師不用太擔心，也替你告知他們之後會乖乖出席。」

「我知道了，不用擔心。媽，可是你知道為什麼阿甘做什麼都很順利嗎？只要他肯做，做什麼都能成功。電影就是電影。」

「因為阿甘媽媽用愛養大了他才會那樣。」

「完全是專業的媽媽視角。」

「是真的啊，你姊以前也很喜歡這部電影，我陪她一起看過這部電影好幾次。每次阿甘吃巧克力的時候，我們都會跟著唸出台詞『人生就像一盒巧克力』。」

媽媽邊模仿著台詞，邊放聲大笑。呈現阿甘媽媽的愛的情景好像是前半部吧，老是從中間才開始看的我，完全不知道阿甘媽媽究竟有多愛阿甘。

我看著媽媽坐在沙發下的背影，媽媽的肩膀，又窄又瘦，只要稍微用力拍打媽媽的背，便足以讓她整個身體跟著晃動。即使媽媽說用力拍打很舒服，總要我再多用點力，但深怕媽媽會因此向前摔倒的我，從來不會那麼做。

「媽媽應該要感謝我的。」

「對啊，謝謝你。」

「真的應該要更感謝我，然後對我更好才對。萬一沒有我怎麼辦，會多無趣、多無聊，而且該會有多想我啊？」

說完這句話後，我想起了秀賢和正賢。

「就是說啊。」

然而，媽媽順著我話尾的回應，竟讓我感覺更悲傷。

媽媽分明失去了第一個孩子，卻連失去孩子的悲傷都失去了，似乎將傷心忘得一乾二淨。沒有忘記吧？媽媽好像要堵住我的嘴似地，將小番茄放入我嘴裡。

「多吃點水果，在書桌前坐太久的話，可是會便祕的。」

II

站在頂樓，我往下俯瞰地面，也同樣向上仰望天空。

最近幾乎很難看見鳥，除了在地鐵站附近或公園吃人類嘔吐物或餅乾屑的鴿子之外。不知從何時開始，我不再覺得鴿子是鳥。如果認為鴿子是「鳥」，感覺牠們距離「鳥」那種蔓延似的暢快感與自由自在又有點遙遠。很多人害怕鴿子，我也是其中之一。

是否曾經有鳥飛上來這麼高的大樓呢？假如有，鳥是否就是我們來這裡前，唯一占據過頂樓的生物呢？高樓的風一吹來，我便開始咳嗽，我想鳥也因為近來的霧霾而不好受。鳥是看著地面飛行，還是看著天空飛行呢？我想，大概是一天看著地面飛行，一天看著天空飛行的吧。

「哪裡來的粉筆？」

「倉庫。」

秀賢的某種直覺很發達——發現人們看不見的偏僻角落的能力。究竟為什麼？

秀賢放下包包，在頂樓的地面畫了一個大圓。只要和秀賢待在一起，我總是能了解過去的自己不知道的事物，不知不覺間也察覺過去被自己埋藏的東西，包括深藏於心底的種種。秀賢在大圓內畫了一顆大小剛好的星星，看起來就是像能讓不明飛行物體降落的地點。秀賢咚一聲仰躺在那顆星星上。

「幾點了？」

「八點四十分，九點才開始。」

「你每年都在這裡看煙火嗎？」

「嗯，這裡可是絕妙的好地方。」

每年的煙火祭，我都坐在補習班裡，聽著微弱的煙火施放聲與群眾歡呼聲。通常越接近尾聲，聲音也會變得越響亮，但我往往會在這時候戴上耳塞，專注於解題。我們打開在商店買的烤雞。秀賢的口味，老是出乎我預料。我是那種吃炸雞或披薩時很討厭弄髒手的人，所以一定會用筷子吃，秀賢則是直接徒手拿起來吃。

秀賢告訴我，自己和學校排名前十名的世珍是在參與志工活動時變熟的。金世珍無論在哪方面都很「金世珍」。

「你，是完全不讀書的那種類型吧？」

我用另一種拐彎抹角的問題取代了「何必活得那麼認真」。

「如果你的『完全不讀書』指的是學校課業，好像有點……我覺得不是只有學校課業是學習，各種經驗全部都是學習啊！」

我當然知道。

「可是導師說我還可以耶，這次我的國英數有六六六，惡魔數字。」

六六六？全都六級？我拚命隱藏自己的驚嚇。通常數學不好的人，國文成績都很好，或英文不好的人，數學成績都很好，不是嗎？怎麼能一致都差得這麼平均呢？原來拿到那種成績，還是能笑得出來……撇除成績，我其實一點也不擔心秀賢。因為就算考不上大學，她大概也不會因此而活得畏縮。

原本正在吃烤雞的秀賢，拿起一隻雞翅給我。

「給你，你不是喜歡翅膀嗎？」

「你怎麼知道？我有說過嗎？」

「我自然有辦法知道。你覺得脖子很噁心，所以不吃吧？」

我放下烤雞。

「你奇怪的地方真的不只一、兩個。」

笑著說完這句話後，我才從秀賢的表情裡讀到某種微妙的複雜情緒。剎那間，我直覺秀賢即將講出無法想像的事。這種未知感讓我感到害怕，感覺全身上下的器官都在瞬間變得敏感。

「現在我們輪流來說自己的祕密，先從小事開始，然後慢慢升級。等到各自說完很難啟齒的事後，憑良心覺得自己無法再說出更大的祕密時，就喊『投降』，那麼這個人就輸了，輸的人要請吃披薩。」

「已經在吃烤雞了，還吃什麼披薩，而且這個也是我買的耶！」

「是你自己說要請客的。」

「反正會提議要玩這種遊戲的人，通常都是有話想說，就像『真心話大冒險』，向來就是自己有什麼想聽或想說的話的人，才會積極提議要玩。」

「開始。」

心想著「或許是吧」的我，聆聽秀賢說話，我們開始坦白自己真實的內心世界。

於是，我對秀賢全新了解的事包括：一、比起炸雞，秀賢更喜歡漢堡；二、對某團偶像還無法完全停止追星行為，就是貼在秀賢房間牆上的那位，就算她明知道對方惹出引起社會爭議的事，還是無法完全放下喜歡他的心，所以覺得很混亂。

我則坦白了自己曾在國小時為了買迪士尼電影角色的衣服，偷了媽媽錢包的錢；以及當爸媽高估我的成績時，我往往不會澄清，而是讓他們抱有美好期待。

很奇怪的是，實際把那些祕密說出來之後，才發現都是些雞毛蒜皮的小事。我們得好好選擇自己僅存的祕密了，腦海浮現的祕密中，實在沒什麼了不起的東西。頓時，我意識到自己還留著一個祕密——

我討厭救活我的姊姊。
我憎恨拯救我的大叔。

突然增強的風勢，吹起了用來裝雞骨的塑膠袋。看著雞翅和雞脖子骨頭紛飛的逗趣景象，我不禁捧腹大笑，雞飛起來了耶……同時，天際開始綻放著煙火。

「咦？開始了！」

雖然是在極遠處施放的煙火，卻因為眼前沒有任何建築阻礙視野，讓紅、藍、黃各色的煙火燦爛清晰。煙火一下子是愛心模樣，一下子又變成米老鼠圖樣。原本在補習班裡聽見火花施放聲只覺得很吵，沒想到實際在樓頂聽見後，心臟竟會撲通撲通狂跳。

「劉願！你不覺得我很像誰嗎？」

「你說什麼？我聽不見！哇！你看那個！真的很美！」

「我說！你看著我的時候，不會想起誰嗎？」

「拜託！現在是輪到我提問耶！誰？藝人嗎？」

「不是，你仔細想想。」

秀賢將正沉醉於絢爛天空的我轉向她，要我好好看看她的臉。認真的語氣，忽然讓我感覺有些害怕。秀賢突然認真的態度有點嚇到我，這氛圍讓我覺得雞骨隨風起飛很可怕，連續兩天缺席補習很可怕，和認識不久的人毫無戒心地交換各種祕密也很可怕，連不停綻放的煙火也令人感到不安。

「我們不是一起吃過炸雞嗎？我不是還陪你一起去廁所嗎？你說廁所的燈是藍綠色的，所以你很害怕，我不是還在外面邊唱歌給你聽邊等你嗎？你不記得了嗎？」

我真的記不起來。

「我們本來就認識嗎？」

我的記憶支離破碎。再怎麼翻找，都不記得任何像「秀賢」的人，讓我開始懷疑自己的記憶系統本身。

「說是『認識』好像有點太……該怎麼說呢？因為第一次見面那天也是最後一次。」

秀賢就像在考我一樣。雖然起初開口時聽起來是玩笑話，但秀賢臉上看不見任何一絲笑意。猶如在質問著我「現在總該記起來了吧？給我想辦法從你那亂七八糟的腦袋裡將記憶撈出來！」

「是在哪裡見過呢?」

「炸雞店。」

「那是……幾歲的事?小學生的時候嗎?」

「大概八、九歲吧?」

與剛才層級完全不同的大型煙火「砰」地一聲綻放。從煙火中衍生出的另一群煙火,綴滿了遼闊的天空。只是,轉瞬即逝的煙火僅在原本閃耀的位置留下滿滿的煙霧。

「怎麼辦?真的記不起來。」

八歲的事還記得那麼清楚,不是才更奇怪嗎?

「我一眼就認出來了,可能是因為爸爸跟我說了很多關於你的事吧,所以很熟悉,看到你的第一眼。」

「爸爸?」

秀賢的笑帶著模糊不明的意味。

「不要說得那麼含糊,說清楚。」

……

我告訴秀賢要先走一步後，便整理好包包起身。

「多吃一點再走吧？」

秀賢帶著關心語氣說道。

「等一下。」

秀賢從口袋裡拿出鑰匙遞給我。

「正賢的，被我搶走了。」

我收下後，說了句「之後再聯絡吧」，便離開頂樓。似乎得先離開現場，這一切究竟怎麼回事？我究竟聽了些什麼？反覆思考這些問題的我，完全無法集中精神。

欺騙我的秀賢，讓我感到很虛偽。一想到她泰然自若地假裝不認識我，我感到很不舒服和傷心。忍不住浮上「有其父必有其女」的想法……

我覺得對秀賢很抱歉，也厭惡自己。

為什麼從來沒有想知道關於大叔家人的事，連我自己都感到訝異。當心緒終於冷靜下來之後，其實不難察覺秀賢每分每秒都在等待機會向我坦白。叫了我的名字後，卻只是嘻嘻笑的時候；當我接到她的電話，她卻只是沉默拖延時間的時候；有時猶豫了一下，才勉強對我說出「謝謝」的時候。

還有，第一次遇見我的時候，當我們在頂樓入口前相遇時，她遲疑了片刻才邀請我一起前往頂樓後，然後在我們俯瞰底下時……她說「好神奇」、「滿好笑的」。我這時才明白那抹笑容的意義。

我沒有搭電梯，而是走樓梯下樓。這是我有生以來第一次從二十四樓走樓梯下樓，我邊努力地往下走，邊數著階梯的數量。時不時會遇到一些人，全部都是在樓梯間抽菸的大叔們。就算是沒有人的樓梯間，也能看見各處放著塞滿菸蒂的小鐵罐。聞著微弱菸味的我，繼續思考著。

難道秀賢經常帶我上頂樓，是為了喚醒我的記憶嗎？站在秀賢的立場，確實有充分理由這樣做。因為若只有我一人忘了這一切，過著輕鬆自在的生活，根本不公平。或許，我應該要成為一個有懼高症的人，應該成為心懷愧疚的人，應該要關心救了我的大叔的生活背景的人。

走到十四樓後，我開始好奇在剛剛的遊戲中，究竟我和秀賢誰是贏家？遊戲規則是什麼？輸家是再也沒有祕密能說的人嗎？還是再也沒有勇氣說出祕密的人呢？我兩者皆非。我想跟秀賢再坦白更多深藏的祕密，只是事到如今，如果只能向這世界上一個人隱瞞這個祕密的話，那個人大概就是秀賢吧？我今天的運氣可能超級好。

走到大樓最底層之際，煙火也到了尾聲。拂面而來的風裡，滲著火藥味。

我感到一陣窒息。

第三章

如果
想置身高處

自己早已開始飛翔，有種終於從外圍深入到內心的感覺。
迎著風的阻力，這是我第一次感覺自己變得如此輕盈。

I

我開始思考姊姊在大火中所承受的恐懼。對我來說，最重要的是藝靜姊姊究竟在什麼時候失去意識？姊姊的死亡原因是窒息，她是被從雲梯爬進來的消防員救出火場後，死於送醫途中。姊姊在瀕死瞬間，是否知道我沒事呢？一一九的隊員是否會給予將死之人一點體貼呢？

如果姊姊知道就好了——是姊姊果決的判斷救活了我。如此一來，姊姊在離去時是不是能少一點痛苦？如果姊姊能在失去意識之前就知道的話。

我常聽到人們談論姊姊死於這場火災是很荒唐的意外。大放厥詞的人們說著已被輿論定調為「崇高死亡」其實是「白死」。怎麼樣的死亡才不是白死呢？假設不是來自樓上老爺爺的菸蒂，而是帶有意義的火苗，死亡是否就會變得不一樣？假設是為了祝福某人生日而點燃的生日蠟燭、或為了煮嬰兒奶瓶而著火，或是那為了對抗政權的火把，姊姊的過世是否就不是「白死」了呢？

如果愛我，怎麼會把我從十一樓往下扔呢？為了讓我活命？但姊姊怎麼確定這樣做我能活下來？是因為比起被火燒死，哪怕是墜樓身亡也好，只要有一線生機都得嘗試一下？我無法理解姊姊當時的想法。

我從高樓落下。若使用「掉落」一詞，莫名有種失手的感覺；使用「丟下」又感覺充滿暴力攻擊性。姊姊究竟對我做了什麼？

老實說，我不知道——關於姊姊的記憶，究竟是從我腦內什麼地方被挖掘出來，還是說，是被「發明」出來的。

灰燼在鏡中飄揚，煙霧產生的熱氣彷彿熔解了我的臉孔，我的影子則像黏稠的糖漿般肆流。沒人接住姊姊，而我在哭。

姊姊很遺憾沒人能將她推出欄杆外，姊姊沒有勇氣往下跳。我呢？

我化身為一隻黑鳥，注視著姊姊。我邊不停舞動翅膀閃避從十一樓竄出的嗆鼻濃煙，邊呼喚著姊姊。姊姊！這裡啊！這裡！我會接住你的！我盡力將翅膀延展到極致，但我的背卻窄得荒謬。「完了！」當我意識到現實時，姊姊已經往下跳了。

碰——我伴隨著痛楚一起醒來，殘酷的夢，將我推落地板。墊在我身體下的右臂，一陣一陣地抽痛著。或許因為跌落的聲響過大，媽媽匆忙開門進來開燈。

「小願，沒事吧？」

「嗯。」

「到底是睡相多差才會掉下床？」

媽媽扶我重新躺上床後，使勁搓揉我一直摸著的手臂，拉起被子蓋至脖子後，又替我將頭髮撥到耳後。

「要和媽媽一起睡嗎？」

「不用，現在可以出去了，我要睡了。」

一口回絕的我，轉身面壁。媽媽關了燈，房間一變暗後，我隨即叫住她。

「媽，大叔有女兒嗎？」

媽媽翻找記憶似地猶豫了片刻。

「好像有……女兒和兒子吧？怎麼突然這麼問？」

「媽媽記得他們是怎樣的孩子嗎？」

「小時候見過他們幾次，但因為孩子滿怕生的，所以沒有交談。孩子們好像跟媽媽一起回南部的娘家了，聽說是靠海的地方。」

「南海？」

媽媽坐在我的床邊。

「不知道，不記得了。怎麼了？大叔跟你說了什麼嗎？」

「我見到大叔的女兒了。」

儘管在一片漆黑之中，我依然清楚看見媽媽瞪大雙眼的模樣，媽媽露出喜悅的神情。

「在哪裡遇見的？他們住在一起嗎？」

「沒有。她……讀我們學校，她弟弟也是。」

「天啊，原來如此，我知道她和你同年。」

「對。」

「小願，邀她來家裡玩吧，媽媽煮好吃的東西給你們吃。」

「她來過了。」

「來過了？什麼時候？」

媽媽似乎很興奮。

「你有說過嗎？怎麼沒跟媽媽說？」

我無法回答，畢竟我也是剛剛才知道秀賢是大叔的女兒。

「原來啊……兩個人好好相處吧，小願。」

「為什麼要？」

我再次背對媽媽，看著牆壁。

「我何必和她好好相處？憑什麼我要對她好？因為她是大叔的女兒嗎？因為大叔救了我一命嗎？難道我也要借她錢嗎？」

媽媽不發一語，只是靜靜待著。耳邊傳來媽媽的呼吸聲，為什麼媽媽不對我生氣？剛剛說的話，真的是不經大腦就脫口而出的話。明明那麼傷人……在別人面前一直忍得很好的怒氣，為什麼宣洩在沒做錯任何事的媽媽身上？我真卑鄙。

媽媽輕輕拍了拍我的頭，離開了我房間。媽媽離開後，我依然清醒了一陣子。聽見客廳的燈被關上的聲音後，連原本從門縫滲入的微弱光線也一併跟著消失。徹底的黑暗。

不知從何時開始，只要感覺不安，我就會開始摸自己的身體。是從國小那個學期開始嗎？起初是一種確認的過程。我是很容易瘀青的體質，因此會比同學更敏感地去檢視身上何處瘀青、哪裡出現傷疤。腋下、前臂……雖然以前就常聽別人說我的脖子特別纖細，但當時真的有某個同班男同學邊說著「一手就能握住你」，邊用手掐住我的脖子。儘管力道不大，我卻因為那個笑嘻嘻開玩笑掐我脖子的男同學，養成了時不時伸手遮住脖子的習慣。

四年級時，我也曾因此敏感地察覺自己胸部的腫塊。

「媽，我胸部硬硬的，而且摸的時候會痛。」

面對大驚小怪驚呼的我，略顯尷尬的媽媽只是不動聲色地笑著說了句「我們一起去挑內衣吧」。

比起內心，我似乎更了解自己的身體。

這時我內心才有了一種完整的感覺。姊姊，對不起。姊姊，謝謝你。

我在喃喃自語中入睡。

2

教室裡亂哄哄地十分吵鬧喧嘩，每個人都有閒聊的朋友，每個人都有傾聽廢話的耳朵。班級外面的走廊長得不像話，走上樓梯後，經過五班，經過四班，經過化學教室，再抵達三班，這段路程會遇見數不清的學生，但沒有任何一個需要打招呼的朋友。我很清楚從校門口走到班上，必須步行兩百五十步。明明是呈直線的走廊，卻彷彿繞了遠路般好不容易才抵達。

我感覺自己又重新回到一個人了，不踏出教室外的我，很難遇見秀賢。我也不去頂樓了，倒不如趕快吃完學校營養午餐，打發些午休時間還更好。

「劉願，你考得好嗎？」

坐在前面座位的同學轉頭問我。我真的不知道自己是在什麼狀態下考完期末考，我盡力了。為了彌補之前缺席的補習，我連週末都幾乎整天待在補習班，忍受著老師不悅的神情。

「幹嘛？」

你為什麼要問我？我考得好又如何，考不好又如何？如果我說考得好，你會回答什麼？會說覺得羨慕嗎？只是羨慕而已，會不開心嗎？如果我說考得不好，想必你會附和著說自己也考不好，但我考不好和你考不好的程度一樣嗎？根本不可能。就算我考得再不好，也不是你這種程度。除非突然哪裡出了問題，否則不可能和你同分。你會不會亂傳話？只要一句「聽說劉願考得不好」，不知道又要因為這句話增加幾個對我反感的人了？

「聽說導師給錯分數了，你檢查過了嗎？」

「嗯？什麼意思？」

「韓國史第十一題。答案原本是二，但因為出了點問題，所以選五的人也會給分。我就是選了五啊！很厲害吧！這次的韓國史，我應該可以拿到四級。明明就沒讀什麼書的……」

「是喔？」

「你選第幾個答案？」

「我選二。」

「哇！那我們都選對了！」

我匆忙地將答案卷塞進書包裡。

「是啊……你可以幫我跟老師說一下我要去保健室嗎？」

「你又頭痛啦？要陪你一起去嗎？」

「沒關係。」

直到上了高中，媽媽似乎才稍微相信我喜歡獨處。國中時，她始終藏不住憂慮的眼神。媽媽一直以為我在班上被排擠，甚至還請過兩次整個三年級吃點心。第一次是漢堡，第二次是披薩，我費盡脣舌才阻止了第三次的炸雞。媽媽為什麼不知道現在的小孩根本不會被食物收買呢？又不是幼稚園。吃的時候固然會真心感謝，但一吃完就會立刻忘記是誰請的了，因為我也是如此。我的確順利交到朋友了。經過一年後，又遺憾地疏離了。

下樓前往保健室的途中，我遇見了正賢。正賢看起來和之前並無不同，他依然像過去一樣，舉起右手向我打招呼。正賢同樣也是知情卻隻字不提吧，這對姊弟是在遠處觀察著我嗎？偶爾經過走廊或學校餐廳擦肩而過時，是不是都會浮現「原來是她」、「過得可真好」、「很正常嘛」、「很開朗嘛」、「比想像中平凡多了」之類的想法呢？這對姊弟每次看見我的心情究竟是什麼，我無法想像。

正賢先對我打招呼，既開心又感激的我，今天終於第一次笑了，我很想和正賢說話。如果不是那些長得像正賢的朋友們不知道從哪裡一窩蜂冒出來把他帶走的話，說不定我會喋喋不休地和他暢聊「這段時間過得好嗎？」「有見過爸爸嗎？」「想見你爸的話，搞不好來我們家還比較快」、「我媽叫我要好好和你們相處，我該怎麼做呢？」

我躺在床上偷看秀賢朋友們的社群軟體，儘管很想停止，卻止不住好奇。秀賢究竟用何種心情過生活？她是否和我一樣感到空虛？是否注意過我？

秀賢上傳了一張將花插在頭上，然後和朋友一起吃冰淇淋的照片，笑得很開心。

#營養午餐｜領了兩次｜連甜點也是 #申秀賢 #今天也是｜風和日麗

3

每當老師們見到我好好成長的模樣時，總是會像我的長期監護人般投以滿足的目光。那樣的目光，猶如一股熱流竄上我的後頸。直到現在，我幾乎沒再見過任何一個像遛狗老爺爺一樣兇惡的人。大部分的人都相當照顧我，而事實上我也早已習慣被人投以特殊目光。

既然你們決定要那樣看我，就該始終如一地維持下去吧……分明早就知道我成績的老師們，只要提到關於大學的話題時，經常小心翼翼地對待我——那種分不清究竟是鼓勵、恐嚇，或是堅信的態度。同時也會展露出一種神色——對於自己成功扮演好撫慰學生、引領學生走向正確道路的角色，感到相當滿意的神色。那種神色，很難在老師們上課的時候看得見。

志願方向　一年級（護理師）　二年級（教師）

國小時，我的志願欄永遠都是填「醫生」，完全恬不知恥。

「劉願啊，你應該知道自己距離考上教育大學還有一點距離吧？這次的期末考……」

「是，我知道。」

「雖然你成績滿平均的，但學習檔案還不到十頁，或許再準備多一些會更好吧？如果你能比現在更努力些，應該也能參加甄試。不如試著在三年級的時候挑戰一下當班長，好嗎？」

請問您是要我把金世珍那樣的同學拉下台嗎？不對，世珍三年級的時候勢必會當上全校學生會長，所以與她無關。我從來沒有擔任過班長，像我這樣的人當班長，對那個班的同學來說應該是場災難吧？

「我會好好想想，也會更努力些。」

「好，如果有什麼困難就來找我，老師一定會想辦法幫你的。」

老師一臉滿意地鼓勵我，說我一定做得到，說我只要像現在這樣，不，是只要再努力些就好。

4

大叔又來了。

大叔說他最近又得開始吃止痛藥才能睡得著，每次痛得受不了時都會去韓醫院針灸的他，說著自己的腿就算被針插進肉裡，也沒有任何感覺這件事很神奇。我十分好奇他笑著說出這番話的真正意圖。媽媽叫我早點進房睡覺，但即使是國小時，我也從來沒有在十點就寢，我到底得接受媽媽這種保護到什麼時候？

「對了，小願啊，你先過來坐一下，我前幾天接到一通電話，說是電視台的製作人。」

「製作人？」

有一種不祥預感。是我也知道的節目，每逢星期二晚上十二點播出的社教紀實節目，內容是追蹤紅極一時的人物現況。通常是介紹電影演員或選秀節目冠軍，但因為某種緣故消失了一段時間的人，又或是上過《世界有奇事[1]》或達人等曾經在網路上風靡一時的人，現在究竟過著什麼樣的生活。

「他們說想看看我的現況。過得如何？是否過得好之類的。」

心臟狂跳著，猶如登上建築的頂樓般，體內不斷翻攪反胃。

「他們還問我有沒有和『棉被小孩』聯絡，我說『有，她過得很好，現在長得亭亭玉立了』。當時全國人民不都為我們加油打氣了嗎？我想說，是不是該透過電視讓大家看看你過得很好的樣子呢？」

「大叔已經答應對方了嗎？」

「我要他們先等一下啦，但你不覺得和我一起上電視很棒嗎？」

頓時說不出話的我，愣愣地坐在原地。我明知道自己越是沉默，大叔就會越朝著自以為是的方向思考，但我卻很難找到反駁他的話。

「我有點……」

「你真是容易害羞，小願。任何時候都該大大方方地站在大家面前才對，這樣才能活得受人敬重，得有點膽識才行。」

「這確實是件好事啦。可是大哥，該怎麼辦呢？小願最近非常忙，她不是馬上要升高三了嗎？連週末都得在補習班上課上到凌晨十二點耶……」

「對啊，大家突然又開始關注她的話，可能會影響她讀書。」

爸媽以學業為由，委婉地拒絕。雖然也無暇再想其他理由了，但我很焦慮這種單純藉著「時機不對」的拒絕方式，聽在大叔耳裡會被理解成「可以等上大學後再上電視」。

「話是這樣說沒錯啦，但只是記錄日常而已，不用壓力太大，也不用去包裝些什麼。實實在在的、平凡人的氣息，這才是最重要的。」

如果是初次見到大叔的人，大概會覺得他的言行看起來算是爽朗純真的人。給人錯誤印象的原因，是大叔總是用信心十足的語氣談論未來，總是高談闊論。

「坦白說，這件事也能幫到我正在著手的事業啦。先上電視的話，不就能贏得大家的信任嗎？當然了，那不是主要目的，重點還是想炫耀一下小願長得這麼漂亮了。我是這樣想，不知道小願的想法如何？」

隨著時間越來越晚，爸爸想方設法地用「以後再慢慢說吧」結束了這個話題。

我到底得唯唯諾諾地感恩大叔到什麼時候？爸媽彷彿覺得只要一停止感謝大叔，我就會消失不見般地，拚命討好大叔。順應大叔的要求，是因為依然存有願望嗎？所謂的願望，是我嗎？爸媽明知道不合理，卻仍告訴自己「這種程度還能接受」，這對我來說是種不幸。或許是在實踐《聖經》裡說的，寬恕要七十個七次，而非七次。畢竟「我」這個存在，本身才是更大的債。

大叔離開後，媽媽格外留意我的臉色。邊擠出既歉疚又尷尬的笑容，邊試探性問我有沒有想吃什麼。即使爸爸試著用「常吃消夜不好」阻止我，但我還是把腦海中想到的通通說了出來。只因媽媽始終相信唯有讓我盡量吃、盡量睡，才能安撫我面對大叔來過家裡的事。

幸好，媽媽是真的那樣相信著。真希望我是比媽媽想像中來得更單純的人，真希望我們所有人都是如此。

明知道這份量對於三口之家來說多得荒謬，我還是要求點炸雞、披薩、糖醋肉。我很貪心。媽媽在後面邊看著我開心地吃外賣，邊看綜藝節目大笑的模樣。那個瞬間，我就像雙眼長在後腦杓般，清楚讀懂了媽媽的表情與情緒。稍微放下心的媽媽，仍顯得相當心疼我。我假裝不知情，自認盡全力做到最好的我，繼續吃，繼續笑。笑的同時，感覺有股冰冷的憤怒從體內流出。

好想殺死他，真的好想殺死他。

我忽然有點好奇。大叔和秀賢究竟有著什麼樣的連結？別人有時會透過我想起姊姊在所難免；一想到我就會浮現慘事這點雖然非我所願，卻也是情有可原。我變成奇蹟的象徵，大叔變成善良的代名詞，通通都是可笑卻自然的事。然而，我實在無法輕易將大叔的任何部分與秀賢聯想在一起。

1《世界有奇事》是由韓國電視台SBS製播的真人實境節目，主要介紹來自世界各地的奇人異事。

5

秀賢沒有接電話，我傳了訊息要她前往學校頂樓。我握著鑰匙，用尖銳的末端撓自己的手背。這是從秀賢手上拿到鑰匙的那天後養成的習慣。每次感覺手背搔癢時，每次感覺比手背更深的地方發癢時，我都會像這樣撓刮。

明知得立刻前往補習班才行的我卻停下腳步，獨自在路邊徘徊。接著，我重新回到學校，打了通電話給秀賢。我們本來就不太常講電話，如果我傳訊息給她的話，秀賢會在半天後回覆；如果我又回訊息給她的話，秀賢會到了隔天才讀。

打開頂樓門鎖後，自己一個人走上頂樓，心情很悽涼。如果我們能當作那件事沒發生，或是假裝不知道的話，是不是能繼續當好朋友？只是，我想那是百分百對我單方面的好事，對秀賢來說卻是辦不到的事。

假如是我爸爸拯救了身陷危機的秀賢，假如爸爸因為那件事成為英雄，假如爸爸在成為英雄的同時變成身障者，假如爸爸是缺陷多得配不起被英雄稱號的人，假如我從旁看著這一切很難受，假如我的家庭被破壞了，假如我的日常生活就在一瞬間被毀得徹底無法挽回。

無論再怎麼思考，始終沒辦法想像秀賢究竟是以什麼樣的情緒看待我。或許秀賢根本沒有任何想法，是我自己想得太複雜罷了。因為秀賢是個開朗的孩子，因為秀賢是個灑脫的孩子。

難道不是你自己想要那麼想的嗎？

內心傳來責備自己的聲音。

秀賢沒有讀訊息，就算我又打了一次電話，她還是沒有接。就在我準備掛斷時，突然接通了。一片寂靜。

「喂？怎麼了？」

「你不來嗎？」

「去哪裡？」

「你沒看到訊息嗎？」

「嗯，我現在看一下。」

沉默片刻後，秀賢開口說道：

「我現在去不了，我在很遠的地方。我聽說有人把小狗丟在公園廁所裡，所以就過來救援了，我得把小狗帶去收容中心才行。」

「原來如此。」

眼前是一大片粉紅色夕陽雲彩，突然間想起補習班老師的警告——別拖垮升學班。有生以來，我第一次聽到這種話，很傷自尊，想必老師又要打電話給媽媽了。到底該怎麼辦？直到現在，我才知道這件事對我來說非常重要。

「你完全不在乎嗎？」

秀賢沒有回答。

「我從來沒有吵架過，所以也從來沒有和好過。我連我們究竟是吵架，還是該和好的情況都不知道；如果和好了，是不是能恢復原狀都搞不清楚。」

「劉願啊，對不起，因為我現在很忙……」

「我會一直在這裡等你，你處理好再過來，把小狗帶去收容中心後再來，我會在這裡待著。」

「要很久。」

「沒關係，只要今天內過來就好。」

秀賢一時間不知道如何回答，沉默了一段時間。我看起來很低聲下氣嗎？或許是因為如此，她才無法冷漠拒絕。電話那端傳來鬧哄哄討論時間的人聲，以及聽起來多達十隻小狗的狂吠聲，叫得我頭都痛了。

一到下班時間，路上即塞滿返家的車輛。實際站在高處時，便能望見車子一輛接著一輛的絡繹景象，但這不是爸媽的「下班時間」。

雖然在意外發生後我們全家搬往另一區，但以地鐵站來計算的話，不過也才兩站的距離。對從未在其他地區生活過的爸媽而言，實在無法決心遠離這一帶，他們沒辦法不顧餐廳就離開。為了生計，無可奈何，當時的爸媽是這樣判斷的。

偶爾會有人在區域性的網路社團上傳詢問「棉被小孩」近況的貼文。不久前才看到有人把關於我的新聞報導連結放在社團裡，然後寫著「好奇她不知道過得如何？是否平安無事？」的文字。某個人在該篇貼文下留言「希望她沒有留下任何陰影，已經好好地長大了」。有人表示「我和那個小孩就讀同所學校，她的長相從小到大都沒變過」、「雖然不太活潑，性格也偏內向，但看起來沒有什麼問題」、「成績很好，不久前曾在比賽中獲得獎狀」……我的近況令人驚訝地被詳細公開了。寫生比賽這種東西，不過就是為了想在學習檔案裡增加一項經歷才參加的比賽，根本不是會引起學校全體關注的活動。我真的嚇了一跳，搞不好就是我同班同學的留言，「看來沒什麼問題」，在那個同學眼中，我看起來是這樣嗎？

只是，這些人真的是因為好奇我過得如何才發文的嗎？不是因為好奇我會不會有什麼缺陷、我的成長過程會不會很多災多難嗎？

十二年前的新聞中經常出現「希望」、「奇蹟」或「光」等詞語。好像試圖從我身上尋找這個世界極其稀少的東西，這種意圖讓我覺得很暴力。

rehabilitation

1. 復原、（身心障礙者等的）回歸社會、更生。
2. 復位、復權、回復名譽。
3. 復興、重建。

隨著天色漸暗，直到我再也看不見單字本為止，秀賢都沒有出現。

太過分了，所有人都太過分了吧？惱火的我，使勁咬著嘴唇。

秀賢在超過約定時間好一陣子後，始終沒有現身。正當已到臨界點的我拖拖拉拉地揹起書包準備回家之際，頂樓門被打開了。

「你等很久了嗎？」

「嗯。」

「拜託原諒我，我已經用最快的速度趕來了。因為你說會等我，所以我一把小狗帶到收容中心之後，就立刻換了兩次地鐵，站了兩個小時回來。」

「你說這些是為了讓我感動嗎？」

看起來似乎是想努力逗我笑的樣子，秀賢以「不感動就算了」的方式聳了聳肩。看著秀賢跑得上氣不接下氣的臉，我想，她應該是真的已經盡全力趕來了。為什麼我要把話說得那麼難聽？明明就不是為了說這些話才一直等到現在的……我反覆握緊、放鬆拳頭。像是突然想起什麼似的秀賢拿出手機，並將一張照片遞向我眼前。蜷縮在運輸籠角落的小狗又瘦又小，加上滿是眼屎的模樣，一眼就能看出牠營養不良。

「我就是為了救牠才去的，很可愛吧？」

「除了你之外，沒有其他人能做嗎？」

「沒有。如果媽媽答應，我本來還想直接帶回家。一開始還一直吠個不停，但很神奇的是，一放進運輸籠後，牠就好像懂了我的苦衷一樣，馬上變得安靜。偶爾會遇到一種小狗，只要看一下眼睛就能知道牠很憂鬱。就算到了收容中心，不但完全沒有對陌生地方充滿警戒的狀態，甚至還像知道程序一樣乖乖跟著我走。」

很特別的感覺，我很難從秀賢付出關心的地方得到共鳴。即使認同她做的是正確的事，但若想找些需要被照顧的對象，難道不該是在更近的地方嗎？例如，我們。

只要想想過去的我們和現在的我們、未來的我們，不都充斥著各種問題嗎？

「我本來想試著在等你的時候整理一下思緒，但完全做不到。老實說，我有點生氣，因為你不是騙了我嗎？可是，其實我沒有想過要你道歉。嗯……我不知道你有沒有這個想法就是了。但如果你想要我道歉的話，其實我……有打算這麼做的。」

「道什麼歉？」

秀賢的臉看起來有些疲倦，又帶了點尷尬。秀賢一向不會把激動情緒寫在臉上，所以我無法從她的表情裡讀懂任何東西。

「你知道的。」

「關於你託我爸的福才能活下來的事？你是想為這件事道歉嗎？」

從秀賢口中聽到這番話，我很難受。猶如被無法撕毀的契約綁住，只能永遠接受控制似地。

「你是用什麼心情告訴我這些的？」

「沒什麼特別的，只是因為我好像騙了你太久。」

我很好奇秀賢究竟是不是刻意接近我的。只是，又為了得到什麼？

「不，其實我本來沒有打算騙你，但一見面就提那件事不是很奇怪嗎？『對了，你認識申振碩吧？我是他女兒，現在已經不跟他見面就是了』，這樣也太好笑了吧。」

「我們那天在頂樓相遇，是巧合嗎？」

秀賢思索了一下我的話後，隨即瞪大雙眼。

「我覺得你好像誤會什麼了，是巧合啊。自從那天後，我故意為了不遇見你才不去頂樓的，是你自己還找到我們班來的耶！你記得嗎？」

當然記得。

「我是怕你以後突然知道這件事會嚇到，所以才想告訴你。畢竟，你總有一天會知道的。」

「真的就只有這樣吧？沒有其他了吧？」

「你認為我是為了報復才接近你嗎？你在拍電視劇嗎？想報復的話，我會大大方方地做。沒有其他了，如果有想到的話再告訴你，我答應你。」

我不再緊張後，全身都放鬆了。被我一把用力抱住的秀賢，儘管嘴巴說著「你幹嘛？」卻也伸手抱住了我。

⋯⋯

或許是因為跨越了一個難關，我和正賢能相對輕鬆地聊起大叔的話題。雖然這段時間正賢經常傳訊息給我，我卻始終沒有回應。沒有和秀賢把問題解決就和正賢見面，莫名有種犯規的感覺。總覺得在便利商店的室外桌子聊天像是要談什麼嚴肅的話題，但從正賢的表情完全看不出絲毫異狀。正賢淡然地說著自己早在入學前就知道我也讀這間學校的事，甚至還被秀賢警告過沒事不要隨便找機會和我見面。

「那天在頂樓見到我，你一定嚇呆了吧？」

「確實是有點嚇到，但比起驚嚇，我心裡想的倒是『申秀賢，我早就知道你總有一天會這樣』，姊姊從以前就一直很注意你。」

「是喔？秀賢在家會說我的事嗎？」

我好奇著秀賢和正賢獨處時，究竟會談論我什麼。我告訴他，自己已經將和秀賢第一次相遇的過程，以及秀賢是大叔女兒的事告訴媽媽了。媽媽則是不斷用「天啊」、「我的媽啊」、「怎麼會有這種事」之類的感嘆詞，聽完我的故事。媽媽後來又將我說的話一字不差地告訴洗完澡出來的爸爸。只是，那些話從媽媽口中說出來，更讓人莫名感覺我們是命運的安排。

「我們在家不說話的……」

正賢說完這句話後，一口氣喝光泡麵的湯。喜歡喝湯這點，以及連湯渣和湯都會喝得一滴不剩的模樣，倒是和大叔一模一樣。

儘管只是內心一閃而逝的想法，沒有其他意圖，卻還是對正賢感到相當抱歉。

或許，正賢必須不停向姊姊和媽媽證明自己是個「令人安心的人」。

6

有時會忽然記起姊姊某些陌生的面向。那些方面，和周圍人口中的姊姊截然不同。

那時一樓住著一個忘記是叫勝宇還是勝浩的孩子，總之是個三不五時就調皮搗蛋的男孩。他媽媽經常在家事做到一半時，打開陽台窗戶大喊「勝宇啊，過來吃完這個再玩」，然後將麵包或養樂多之類的東西遞出窗外給他，而我也曾因此覺得相當羨慕。他時不時就會把沙子放在我衣服裡當作玩笑，我回到家才會發現自己除了衣服外，甚至連內褲和襪子裡都是沙子。

我曾經為此發脾氣而推了勝宇一把，卻完全敵不過力氣比較大的他。

我跑向坐在長椅上的姊姊，拜託她幫我拍去身上的沙子。即使姊姊已經將跑進衣服裡的沙子拍乾淨了，卻怎麼也消除不掉連褲子內側都能感覺到的粗粒感。看來得等到回家脫光衣服洗完澡後，這種粗粒感才會消失。原本一直嘟囔的我，也在不知不覺中忘記這件事，只顧著爬上階梯準備玩溜滑梯。我坐在溜滑梯上等著姊姊在下面接住我。然而，無論我怎麼呼喊，姊姊始終沒有回頭。

「姊姊！姊姊！」

呼喊的記憶相當鮮明。

姊姊伸手指著坐在溜滑梯上的我，看起來是在向那個孩子說些什麼。接著，姊姊把身體重心放低，抓了一把沙子放進他的衣服裡。儘管那個孩子嚇得放聲大叫，姊姊卻完全不在乎地將另一把沙子再次放進他的衣服裡。雖然我很高興姊姊替我報仇，但我很怕如果他媽媽忽然打開窗戶喊著「勝宇啊！發生什麼事？」後，看見他哭哭啼啼的模樣會立刻跑過來。因為阿姨的力氣比姊姊更大。

姊姊當時的表情……該怎麼說呢？看起來有點粗暴和尖銳。

不過，自從那天後，勝宇還是勝浩便不再靠近我身旁，只要一發現我的蹤影，便忙著觀察我身後，確認姊姊就坐在長椅後，他會立刻跑去和其他孩子玩。明明不安卻假裝沒事的他，刻意用更誇張的音量大笑、吵鬧的回憶，我不知道自己為什麼記得這麼清晰。

這個世界，是不是只有我知道姊姊也有凶狠的一面？我想，隱藏在我體內的戾氣與偏激似乎來自於姊姊。

時而鮮明，時而像想像，時而像夢，與姊姊在我手背、髮絲親吻的記憶融為一體。

⋯⋯

信雅姊姊在公車站迎接我的到來，她身穿寬鬆洋裝的模樣與脂粉未施的臉蛋，讓人感覺有些陌生。

「姊姊剪頭髮啦？很適合你耶！」

「因為小律一直把頭髮放進嘴裡，加上整理也有點麻煩。」

「這是禮物。姊姊不是說過喜歡這位作家的書嗎？還說很可惜只有一本著作有翻譯版。他出新書了。」

「你還記得啊？謝謝。」

輕撫封面好一陣子的姊姊，表示自己很喜歡。

「小律出生之後，我就沒時間看書了。雖然很想讀，但實在抽不出時間。」

雖然信雅姊姊面帶倦容，但整體看起來比想像中更好。或許是為了努力在我面前展現好的一面，所以才看起來不錯也說不定。信雅姊姊家相當乾淨，她以前曾說過「家事怎麼做也做不完，就算全做完了也沒什麼成就感，實在很厭煩」，但現在家裡比我當時來玩的時候乾淨多了。想必是為了孩子而更重視衛生，更加倍用心清潔吧。

「你好～我好像第一次看你睜開眼的樣子，看來你比較像媽媽喔？」

「是吧？可是孩子的爸堅稱比較像自己。」

「取好名字了嗎？」

「嗯，單字，金律。單名一個字，在生活上應該不會不方便吧？你覺得呢？」

「別人沒辦法一次就聽懂我的名字這點確實有些不方便。去醫院時，得重複講兩、三次；考試時，答案卡空了一格的部分，也老是會被監考官多問一次……除了這些，其他倒沒什麼。」

「那就好。你的名字是藝靜取的，你也知道吧？」

「當然知道。」

「藝靜期待你的出生期待了好久，從她讀幼稚園開始。除了漢字是願望的『願』，連英文也是『WANT』，代表期望的意思，所以她說一定得取名『劉願』才行。」

家裡的每一張照片，總讓我想起當時短髮的姊姊。姊姊死前一週在幼兒園成果發表會抱著我的照片，是比「短髮」還短的極短髮。負責到幼兒園接我下課的姊姊，經常被誤會是年輕媽媽。姊姊把頭髮剪短難道也是因為我嗎？

信雅姊姊詢問我的假期過得如何，我說「和高一時差不多」。和媽媽一樣知道我沒有朋友的信雅姊姊，盡量不提起關於朋友的話題。

「最近也是禮拜一二三四五六日都在補習嗎？」

信雅姊姊邊沖泡奶粉餵寶寶，邊問道。

「補習是老樣子。對了，不過最近會在禮拜六和朋友出去玩一下。」

「居然在週六出去玩？」

信雅姊姊似乎很好奇我和誰一起玩。

「我們專挑一些別人去不了的地方玩，那個朋友參與非常多志工活動，偶爾我也會跟著她一起去，像個經紀人一樣。」

雖然沒做經紀人做的事，我還是隨興地說出口。

「真的？看來是很好的朋友耶！原來你還有這樣的朋友！」

「她很特別，我第一次遇見這樣的人。不是很喜歡唸書，卻相當關注社會議題。」

「想必會對你有很大的幫助，光是聽你說，我都能感受到她是個善良的孩子。如果你和那樣的人合得來，也會自然而然變得和他們一樣。」

是嗎？我現在和秀賢善良的那一面開始有點相像了嗎？「我又不是為了得到秀賢的幫助才和她當朋友的。」我想對信雅姊姊這麼說。

「你們怎麼變熟的？」

「因為我常去頂樓，我本來把那裡當作自己的祕密基地，但我們學校的頂樓出入口一直都鎖著，所以其實進不去，我只能待在樓梯間。後來，她說如果我想去頂樓，可以直接進去。很荒謬吧？講得好像是自己家一樣。」

抱著小律的信雅姊姊，邊拍孩子的背，邊聽我說話。信雅姊姊的神情既溫柔又帶著些許好奇。我這才意識到自己剛才就像個第一次交朋友的幼兒園孩子一樣，興奮得忍不住提高音量。

信雅姊姊代替「我的朋友」這個角色，陪我進行了很多事情的第一次。第一次帶我去電影院的是信雅姊姊，帶我去挑第一部手機的也是信雅姊姊。第一次穿耳洞的時候，信雅姊姊就在我身邊。但自從信雅姊姊懷孕後，我幾乎沒再見過她。以後的日子，信雅姊姊也必須花更多時間和小律一起度過。

「劉願真的長大了，以前只跟著姊姊到處跑的，現在都有自己的朋友了。託你的福，姊姊可以不用再那麼擔心。」

小律用小小的聲音打了個嗝。

「姊姊以前很擔心我嗎？」

「當然啊，經常擔心著，也會為你祈禱。」

信雅姊姊說著小律有多能睡、多能喝奶、多能打嗝。還在煩惱究竟該不該稱讚小律的我，錯過了誇讚的好時機。以後能讓我們感到驕傲的事，想必也會開始變得不同。儘管剛剛沒對姊姊感到驕傲的事給予適當回應，但小律是真的很可愛。

姊姊和信雅姊姊從幼稚園開始就是摯友，由於信雅姊姊的父母經常很晚才下班，因此媽媽都會叫姊姊和信雅姊姊一起過去餐廳，然後煮晚餐給兩人吃，甚至還會等到寫完作業後再送她回家。哪怕只有一天見不了面，兩人也會黏著話筒聊上足足一小時的電話。

媽媽總是邊說著「就那麼難分難捨嗎？」邊露出欣慰的表情。

「我去消毒一下奶瓶，你幫我看著小律。」

姊姊去廚房的期間，讓我和小律待在一起。才剛滿四個月的孩子比想像中來得親近人。孩子充滿著好奇心。

「明明頭太重會一直往後倒，為什麼非要嘗試坐起來呢？」我問小律。這樣的話，為了怕你撞到哪裡，為了怕你跌倒，我不就得一直看著你嗎？看看因為你而睡不好的媽媽，整張臉變得消瘦蒼白。你一直亂動的話，不就一眼都不能離開你嗎？如果我是你，我會在能躺著的時候一直躺著，也會假裝睡覺，好讓媽媽能有自己的時間。我平坦的後腦杓，正是我是個乖孩子的證據。一天只會喝三次牛奶，不會有事沒事就大哭。你媽這一生都會不停擔心你，所以啊，現在還是少搗亂，少生病吧。我也是那樣的。

在與其說是「人」，卻更像是一條新生命本身的孩子面前，我狂妄地想著。

我會比你媽照顧你的程度更疼愛你，就算你沒有朋友，就算你不善良都無所謂，我還是會陪你一起玩。

原本雙眼迷濛地注視著我的小律，發現我不是媽媽後，便開始放聲大哭。人在廚房的信雅姊姊，大喊著要我托著孩子的後頸抱起她。我托著孩子的後頸抱起她，好溫暖。我抱著小律，在各個房間走來走去。

姊姊又是如何呢？假如活到今天，她已是二十九歲，會過著什麼樣的生活？不知為何，我覺得姊姊好像還不會結婚，而是認真專注於工作。換個角度想，或許會結婚也說不定。畢竟都經過那麼長的時間了。

搞不好姊姊試穿婚紗的時候，我就在她的身邊。不，我覺得姊姊好像不會依循傳統的結婚方式。或許會租間漂亮的別墅，然後邀請家人朋友一起開派對。姊姊勢必會離開原本和家人一起生活的家，然後在新房展開生活，那種有兩房的公寓。

假如姊姊也生出像小律那樣的孩子，那我就是孩子的阿姨。我是會時不時幫忙照顧姪子的阿姨，會幫忙換尿布的阿姨，會泡奶粉餵他的阿姨，會路過看見童裝時想起姪子，然後買衣服給他的阿姨，也是會幫他拍很多照的阿姨。我會成為僅次於媽媽外，最能放心依靠的阿姨。

當信雅姊姊一過來嘟起嘴哄小律，她便立刻停止哭泣。

「信雅姊姊，你很常想起我姊嗎？」

「你最近好像突然變得對藝靜很有興趣的樣子？」

信雅姊姊的表情顯得相當開朗，宛如打開了開關似地。

莫名感覺自己快要承受不住的我，從座位上起身。

「這麼快？你這個孩子啊，吃完飯再走。」

「我約了朋友見面，而且也還不餓，我都比較晚吃飯。」

「就算是這樣，難得你特地來一趟，什麼都不吃就走嗎？姊姊心裡會過意不去。」

雖然信雅姊姊露出真的很傷心的表情，但始終認為這才是體貼姊姊的我說：

「不要放在心上，我下次再來玩。」

信雅姊姊用不甚滿意的眼神凝視了我一陣子後，才點了點頭。

「你等我一下。」

姊姊回房間拿了一樣東西出來後，將它交給我。我靜靜盯著那張照片，是張第一次看見的照片。

「幫我轉交給你媽媽，她一定會喜歡的。」

我胡亂地點點頭後，將照片放進包包裡。

「小律，阿姨要走了，再見。」

被抱在信雅姊姊懷中的小律用無動於衷的眼神瞟了我一眼後，立刻轉過頭。

我感覺自己在信雅姊姊和小律的面前，又再次涉足了某個自己未知的領域。

7

為什麼沒有想過大叔會在今天這種日子出現？秀賢就算了，但我難道不該先審視情況並做出應對嗎？大叔是那種隨時會在附近徘徊，然後只要一感覺有人需要自己時就會隨時蹦出來的人，我竟然在不留神間就遺忘了？他竟然會出現在那裡？

大叔和秀賢當然一眼就認出彼此了，完全不顧就在我面前，秀賢毫不掩飾地露出不悅的神情。藏不住厭惡情緒並坦白表現的秀賢，令人不敢相信那是曾經很害怕爸爸的小女孩。與她的表現相反的大叔，倒是顯得相當驚慌。即使大叔試著慢慢靠近我們，但可以從眼神看出大叔比秀賢更想逃避這個局面。

「你們兩個怎麼會……」

「我們讀同間學校。」

在我回完話前，秀賢打了一下我的手臂，彷彿是在示意「幹嘛提這件事？」一般不耐煩地看著我。我尷尬地想著自己是否說了不該說的話。不過，大叔光是看見我們兩人身穿同樣制服，大概就知道了吧……儘管秀賢敏感得似乎有點超過，但我卻發現有人比自己更討厭大叔，產生了某種微妙的情緒。

「現在應該不是爸媽在家的時間吧……」

「喔……嗯……因為他們兩個人都沒接電話，我才過來看看。」

正值晚餐時段，理應是爸媽最忙的時候，不是不知道爸媽作息的大叔會在這個時間出現在家裡，想必是想在這裡坐著等到爸媽下班，然後和他們討論自己需要一筆急到等不了的周轉資金。雖然我很反感，卻不想在秀賢面前表現出不自在的態度，這是對秀賢的禮貌。況且，秀賢也已經瞪著大叔了，讓人覺得很痛快。

「為什麼來這裡？」

「你都幾年沒見過爸爸了，難道就只說得出這種話嗎？也不先打聲招呼。」

大叔擺出比平常更加倍的長輩姿態。如果說他在我面前表現的是愉快、豪邁的長輩姿態，那在秀賢面前展現的就是嚴肅穩重的長輩姿態。有別於在內心偷笑的我，秀賢則是噗哧一聲地笑了出來，就像是不以為然且感到無語。

「他從那時候開始就一直來你們家要錢？劉願，你這條命的價格不會太貴了嗎？跟他殺價啊！」

莫名其妙跟著挨罵似的我，不發一語地站著。這條命的價格？曾經在心裡想過的事，就這麼被秀賢說出口。面對久違的女兒毫不客氣的發言與具攻擊性的態度，似乎被嚇到的大叔沒有再多說什麼。

「大叔，爸爸回來的時候，我會向他轉告您來過的事。」

「我知道了，下次再說吧。秀賢跟我過來一下。」

「為什麼？我沒有話要說。」

「我叫你過來就過來。」

眼看秀賢只是繼續站在原地怒視著他，大叔立刻一跛一跛地走近，並拽起秀賢的手臂。就在完全來不及阻止的瞬間，秀賢已經被拖往大叔的方向。

「大叔！大叔！」

此時，秀賢拿起原本揹在一側肩膀的書包打向大叔的後腦杓，這僅是一眨眼的事。雖然被秀賢幾乎空空如也的書包打中應該不會痛，但大叔卻很震驚地鬆開秀賢的手臂。既無法再靠近一步也無法逃離現場的我，只能摀住自己的嘴站在原地。

「我不是說了沒有話要說嗎？拜託不要再煩我了！不要再煩我們所有人了！」

看起來再也忍不住怒火的秀賢，邊一上一下聳動著肩膀，邊咆哮出怪聲。路過的人們，紛紛以好奇的眼神偷看我們。

「丟臉死了！因為你，我連呼吸都覺得快丟臉死了！不要再來找她了！還有，這是我以防萬一才說的，我和媽媽、正賢現在生活得很好，休想再介入我們！我不是說說而已，是真的過著非常平靜的生活，所以別試著來找我們，聽到沒有？」

秀賢搶先一步拉起我的手臂，把我帶向電梯。我邊被糊里糊塗地拖著，邊往後看。大叔仍站在原地注視著我們，我在搭上電梯前，向他隨意地點了點頭致意。

「你還真的愣住啊！」

「你真的很多年沒見過爸爸了嗎？」

「三年？四年？差不多這麼久吧。」

「你沒事吧？」

一臉不知道我為什麼會問這種問題的秀賢，雙眼直勾勾地看了我一下，然後將我的右手放在她的胸口上，掌心能感覺到秀賢的心跳。

「你……心跳繼續這樣下去會不會死掉？」

「心臟快爆開了，啊……馬的。」

秀賢滿臉脹紅，不知道是否驚嚇過度，連平常不太說的髒話都說出口了。

「快點給我水。水！水！」

一進家門，我立刻跑向冰箱倒了一杯滿滿的水，然後猶如獻給國王般單膝跪地，呈上給秀賢。咕嚕、咕嚕，秀賢在轉眼間已經喝光整杯水。

「覺得壓力好大，我們吃辣的東西吧。」

我用外送應用程式點了一個人時會顧慮腸胃問題而絕對不吃的辣炒年糕。總共點了一人份的辣炒年糕、一人份的魚板和鮪魚飯糰。在我身旁偷看的秀賢開口問道：

「你有多少錢？」

「幹嘛？」

「算一下你還夠不夠錢請我吃炸蝦。」

我掏出錢包，算了算錢。

「夠，我來加點。」

「你知道炸蝦比炸番薯和炸海苔捲貴五百元吧？」

「當然。」

「你真的很夠意思耶！」

我們大口咬下炸蝦。不同於一下子蘸滿辣炒年糕醬，一下子又蘸滿醬油的我，喜歡感受炸物原味的秀賢倒是什麼也不蘸就吃了。這是我上高中後，第一次在一個禮拜內花光整個月的零用錢，我猶豫著該不該把這件事告訴秀賢。雖然我也不曾難為情地提起過自己沒有朋友、老是獨來獨往的事，但連這種雞毛蒜皮的事都得說出口的話，實在有點丟人。

我覺得我們已經長大，即使我們連何謂「長大」是什麼模樣都不清楚，但如果能和秀賢一起，應該也不會感到羞愧。同時，我也感到有些惆悵，就算惆悵這種情感是從未聽別人說過，也從未說出口的情感，我卻莫名感覺此刻的這種感受就是最接近惆悵的情緒。

「我要留下來過夜嗎？」

當我們吃飽後各自癱在地上喘口氣之際，秀賢突然說道。

「因為明天是禮拜六。」

這種事是可以突然決定的嗎？秀賢要睡在我們家的話，我和她要睡同一張床嗎？我不知道其他人究竟如何招待客人？因為兩個人躺在一張床上有點窄，加上我沒有和媽媽以外的人一起睡過，多少會有點不自在。但若讓秀賢睡在地上，好像也不太對。同時，我已經在腦海裡挑選哪件睡衣適合借給秀賢穿。

「你爸媽什麼時候回來？」

「馬上就回來了，那……在外面過夜你不用先問過媽媽嗎？」

「嗯，如果我和媽媽說要在朋友家過夜，她不會多說什麼。」

媽媽相當歡迎秀賢。幸好媽媽比起我想的沒那麼大驚小怪，僅是不停重複說著「好好休息」、「晚安」。

我們並肩躺在窄小的床上，肩膀碰著肩膀。由於我有捲被子睡覺的習慣，因此媽媽替秀賢另外準備了一條棉被。還給了秀賢一枝新牙刷，說著自己下次來還能再用的秀賢，拿起簽字筆在牙刷上寫好名字後，還用透明膠帶貼起來以防被水模糊字跡。

「睡不著。」

「我好像馬上就要睡著了。」

秀賢用平穩的聲調回應。

「好像是因為你的關係，你的呼吸聲太大了。」

「所以呢？你是叫我下去睡地上嗎？」

「不是。」

「適應一下吧。對你來說或許有點陌生，但和朋友一起過夜就是這樣子。忍耐對方的呼吸聲、夢話、屁味之類的。」

秀賢自己大概也因為覺得好笑而嘻嘻笑著，我也跟著笑了。我們天南地北地閒聊著，睡意也在不知不覺間襲來。此時，秀賢開口說道：

「他本來就是那種人。」

「什麼？」

「爸爸。老實說，爸爸確實在那件事後變得更窩囊，但他本性如此。只要被他抓到一點小把柄，他就會藉此威脅對方，把對方榨得連渣也不剩，將人逼向絕境。那天是你運氣不好才掉在我爸身上，自從那件事後，我家的生活才開始稍微過得好一些。捐款應該也有個幾千萬，連炸雞也是要吃多少就有多少。像爸爸那種江山易改本性難移的人，就算已經大撈了一筆，還是一口氣把那一大筆錢通通花光了。」

大叔明明一無所有，拖著行動不便的身體，他卻無論在任何地方、無論在任何情況下，都不曾屈服。當我在大叔開的炸雞店聽到興奮接下客人訂單的大叔身後，有人低聲說了句「他是現在難得一見的好人」後，便立刻用爸爸的手機搜尋了什麼是「好人」。

「好人」，善良的人。大叔是我的恩人，是勇敢的市民，也是恩情洞的義士。我既難為情又不安。

「我替他感到羞愧，就算在小孩子眼中，我也看得懂爸爸到處乞討的德性。現在回想起來，我才知道那不是乞討，而是威脅。總之，我認為每個人都有固定的情緒額度，只是爸爸似乎不太能感受到那種東西。無論是羞恥、歉疚、憤怒，通通都是媽媽和我、正賢得自己看著辦的事。」

「你不討厭我嗎？」

「你試著想想，如果自己的爸爸原本健健康康的，卻突然變成那樣，你會有多恨害爸爸變成那樣的人？」

「換作是我，想必也是那樣。」

「不過，那件事也變成我們和爸爸分開生活的契機。該說是蝴蝶效應嗎？一想到這裡，我就覺得很感謝你，我終於能好好地活得像個人。」

當雙眼一適應黑暗，事物的輪廓便顯得隱約可見。我轉頭望著秀賢的臉。即使在一片漆黑之中，仍能清楚看見黑溜溜的眼珠閃閃發亮。

「明天早上起床後想做什麼？」

「一直賴床到中午。」

「好。」

我倚著曾經是這個世上最恨我的人的肩膀，開始做夢。我感到舒適自在。

8

等到秀賢回家後，我才從媽媽口中聽見難以置信的事。

大叔直接把製作人帶到店裡。

大叔以「完全不需要有任何壓力，絕對不是什麼困難的任務」的說法設法說服爸媽，並表示「只要如實、坦白呈現『棉被小孩』和『義士』延續至今的緣分，就能讓許多人受到感動、慰藉」。

「他說只要一個禮拜就夠了。因為大叔是主角，所以你只要簡單接受一下訪問就好。媽媽也不喜歡你上電視，但他說是深夜播出的節目，收看的人不多。只有讓大叔東山再起，我們的心裡也才能好過些，所以我們應該基於道義……」

我很訝異自己沒有放聲咆哮，而是默默聽完這一切。

9

成績下滑的原因，多少該歸咎於秀賢。原因在於，我的生活自從和秀賢往來後就開始變得不再只有讀書。我成績的特徵是，即使很努力也不會有令人驚豔的進步，但偶爾的分心也不會出現明顯退步。默默相信這件事的我，似乎過得太隨心所欲了。當秀賢聽完我說「最近太常和你玩，所以成績退步了」時，用感到荒謬的眼神瞟了我一眼。我就知道秀賢會有那種反應，雖然不想承認，但我是不是有點愛撒嬌？發完牢騷後，心情稍微變得好一些。

當我被困在補習班的期間，秀賢又征服了另一個頂樓。

由於是商用建築的頂樓，因此可見大型的廣告氣球被綁在磚塊上。

大到不行的紅色氣球，從遠處乍看甚至耀眼得令人錯覺是太陽。

「SSADA OUTLET 9/31 OPEN！」

「九月明明只到三十日，為什麼會寫九月三十一日開幕呢？」

有人於掛在氣球下的標語犯下無法理解的錯誤一事，至今似乎也只有我們知道。我們開始想像連自己都不知道的那一天，或許真的存在某個地方，想像或許真的存在活在那一天的我們。

「如果鬆開那條綁氣球的繩子，然後綁在我身上的話，我的身體會飄起來嗎？」

「這個想法滿新奇的！」

光是想像自己在高處飛起來的情景，我的雙腳便有些發軟。儘管現在從頂樓往下看時不再像以前那般恐懼，卻仍需要勇氣。

「就是啊……大叔經常提起你。說看著我的時候會想起女兒，說很抱歉沒能為你做更多事，也說為了怕你反感，就算有多麼想見你也都忍住了。」

不，大叔從來不曾在我們一家人面前提過自己家人的事。把這種話說出口，的確很奇怪。十二年前，曾經在鏡頭前接受訪問時表示「我本身也有個年幼的女兒，因此無法對『拜託接住孩子』的呼救充耳不聞」的大叔，照理說應該會在一而再看見我時想起秀賢才對。總是給人感覺想到什麼說什麼的大叔，卻一次也不曾從他口中聽見關於秀賢與正賢的事，真的很奇怪。

「每逢過年和中秋節，他一定會出現，在連休最後一天，時間很晚的時候。」

這是我最討厭的。逢年過節時，我總會如坐針氈地祈求大叔快點出現，希望他不如早點來，讓我們早點熬過這段時間。

即使秀賢靜靜聽著我想說的話，眼神卻明顯冷漠。我迴避她的目光後，繼續說道：

「他應該很思念家人。我不知道這些話聽在你耳裡像什麼，我也知道自己有些冒昧了，但大叔真的……」

「你為什麼要這樣？」

秀賢搖了搖頭。

「夠了，你就那麼了解我爸嗎？」

這句話聽起來不像是挑釁，而是真的想確認。

我無法停止說話。

「大叔真的很照顧我。我常常在想自己真的可以接受這一切嗎？這一切應該由大叔的女兒接受才對吧？雖然當時我連你的名字都不知道，但真的很對不起，因為好像是被我搶走了什麼一樣。」

彷彿在演戲般，緩慢卻不停歇的我，假裝顧慮著秀賢的心情，只是像是非說不可似地繼續說著。說出口後，我甚至產生自己說不定就是唯一能解開誤會的人的念頭，感受這種既放肆又荒誕的想法浮上心頭。我在想，或許大叔真的一直以來都思念著秀賢和正賢，或許大叔是為了隱藏自己脆弱的內心才拚命吹噓。無論是魯莽地接觸各式各樣的事業，或是向爸媽借錢，都是在展現自己想盡辦法賺錢只為能再見秀賢和正賢一面的意志。不管怎麼說，始終是自己的女兒和兒子。

「爸爸真的那樣說過？」

秀賢冷笑著問我。

「那就是爸爸的問題所在，他也用同樣手法欺騙了我們，好嗎？假裝充滿希望，演著只要再過一陣子就會變好的戲碼。那些時候，我都在想著倒不如直接打我一頓，這樣我就有了能光明正大憎恨爸爸的理由。」

我似乎在不知不覺間將秀賢推向了高樓圍牆邊，太危險了。

「接受採訪後回來的那天，他的心情看起來很好。一心想著必須將報導爸爸的新聞做成簡報的我們，將那篇報導貼在廁所的牆上，連大便時也能讀。義士申振碩先生這樣……義士申振碩先生那樣……每當人們誇耀爸爸時，總會讓我感到不安。這次是真的嗎？可以相信嗎？」

秀賢緊抓著飄浮在半空中的自己，奮力不讓自己墜落。

「爸爸……要承認他是一個有害的人，真的是件很難的事。為了不想這樣，我不自覺會替爸爸的行為找理由。爸爸一定是因為在成長過程中沒有得到自己爸爸的關愛才變這樣，一定是因為迫於生活壓力所逼才會這樣。因為這是他這輩子第一次幫助別人，第一次成為恩人，第一次被那樣高規格的對待，才會始終擺脫不了那種生活。我不斷在腦海中將爸爸塑造成可憐的人。」

我在心中肯定著著秀賢的努力。

「我現在明白了，爸爸就是個有害的人。爸爸對這個世界有害，對你是，對我也是。爸爸不會改變，必須放棄他。我要過和爸爸不一樣的人生，你也別小看我的努力。」

讓秀賢感到疲憊的不是爸爸的卑鄙、窩囊、偽善，或是對爸爸的依靠，而是得像哄孩子一樣哄著爸爸、鼓勵爸爸、安撫爸爸，然後又一而再地對爸爸失望。

我對秀賢感到抱歉，她一開始應該沒有打算把話說到這種地步的，我更是如此。腦中忽然浮現秀賢持續參與的各種志工活動，那究竟代表什麼意義？

「關於爸爸，我想過的比你還多。終極的問題是『爸爸是什麼樣的人？什麼樣的人會做出這些行為？為什麼我看不見爸爸的其他部分？為什麼爸爸不能像其他人一樣老老實實過生活？為什麼非得靠著壓榨別人生活？』我也很好奇爸爸的內心世界。爸爸是在糊里糊塗間救了你才變成英雄的，假如爸爸那天沒有救你，或許他的人生會有更多更好的事。」

那麼我應該就會死了，雖然這番話很殘忍，但我沒有對秀賢生氣。該生氣的人不是我，而是秀賢。我明白秀賢正如同一直忍受自己的爸爸一樣，忍受著我的存在。

然而，有一點始終沒有改變——其他人或許不清楚，但我知道用「糊里糊塗」形容並不正確。大叔在那極短的瞬間已經拋棄了自己的某樣東西，為了接住一個從十一樓掉下來的孩子，大叔的腿斷了。

哪怕大叔只是有過一剎那的猶豫，我就會撞上又冷又硬的柏油路。

IO

秀賢好一陣子沒有接我的電話，我很擔心她會永遠不接。

我長久以來都在尋找著能放下心中大石的方法。我祈求大叔能百分百康復，祈求大叔的生理和心理都能變得健康，祈求大叔不再到處流浪。因此，他需要一個溫暖、安全的家。希望他能好好吃飯，然後在一般人工作的時間好好工作。

大叔看起來很需要家人，需要能讓他產生責任感與堅持下去的動力。我認為，大叔是因為不夠努力才無法回到家庭——在那個大叔根本沒有意識到秀賢、正賢和阿姨卯足全力想要遠離他的時期。

我迴避了自己拚命想為大叔辯護的模樣，對秀賢造成傷害的事實。

或許是我期望過大叔不是那麼壞的人也說不定。我想，就算無法改變大叔走路的姿態，或許能改變他的人生。如此一來，我才能過得自在些。唯有不再出現在眼前，我才能放心。偶爾見到大叔步履蹣跚的樣子，我都會覺得自己的整個人生也變得傾斜了。於是，我盼望著大叔過著好生活，儘管對秀賢而言可能是件殘酷的事。

我在說話的同時，清楚自己犯了什麼錯。仔細回想，我一次次闖下了任誰也不會失手的大禍。換作是世珍，想必不會犯這種錯吧。換作是信雅姊姊，換作是秀賢，換作是正賢，換作是姊姊，都是不可能犯這種錯的人。

任何人都比我好。這個事實，令我感到絕望。

II

信雅姊姊聽見電話另一端的我的聲音後，什麼也沒問便出來了。由於我們兩人都不餓，因此決定前往姊姊家附近的公園。坐在樹蔭垂落的長椅上，一起凝望著小湖。

「我很開心能託你的福出來透透氣，只是你的心情看起來不太好。之前不是說交到朋友了，還說是她的經紀人。」

「反正又被我毀了。」

「和好不就沒事了嗎？和好後，也介紹給我認識吧，我很好奇關於她的事。」

我拿出手機，讓姊姊看了看幾個月前和秀賢一起拍的合照。

「她長這樣。」

「有種和你長得很像的感覺？是因為髮型一樣嗎？」

「身高也幾乎一樣。」

「是喔？」

信雅姊姊注視了照片好久，並呢喃著「真的好像」、「好神奇」……。

「聽見別人說她和我很像，心情有點怪……表示我和大叔也長得很像嗎？」

信雅姊姊露出「那是什麼意思？」的眼神問道。

「她，是大叔的女兒。申秀賢，和我同年。」

當沒有提及發現這個事實前的過程，只是照實陳述後，我才感覺我們的關係根本脆弱得難以維持。

信雅姊姊瞪大雙眼。

「真的？她是申振碩先生的女兒？你是知道這件事之後才和她變熟的嗎？」

「當然是不知道才變熟的。如果可以，最好永遠都不知道。」

我向信雅姊姊坦白了我只為自己內心的安寧，而選擇照自己的方式想像秀賢和大叔和睦相處的未來。

「我是個奇怪的人，看在姊姊眼裡也是吧？」

信雅姊姊沉默片刻後，有氣無力地說：

「她會理解你的……善良的人向來如此。」

「信雅姊姊以後也會一直喜歡我姊吧？不是再也沒有能對我姊生氣的事了嗎？因為她死了，不用吵架，也不用和好，對吧？」

「劉願啊，你沒事吧？你好像需要冷靜一下。」

「信雅。」

霎時間，連我自己都不知道為什麼會突然用那種方式稱呼信雅姊姊。然而，當見到信雅姊姊的眼神在一瞬間改變後，完全沒有機會澄清這只是開玩笑的我，才意識到信雅姊姊的臉已經變得扭曲與哽咽，這是我一直以來都想確認的事。

我將手搭在信雅姊姊的肩膀上，並不斷叫著「信雅！信雅！」表情顯得混亂的信雅姊姊，隨即打了個寒顫，並猛地從座位起身。

「喂！你在模仿誰啦？嚇死我了！」

「嚇到了嗎？」

「當然！以後不要再這樣子了。我剛剛真的……真的……」

信雅姊姊的聲線顫抖不已，儘管信雅姊姊努力克制，卻依然能察覺她是發自真心對我的行為感到憤怒。

「信雅姊姊以為是我姊復活了嗎？」

「不知道，只是感覺真的很奇怪。可能是因為做過類似的夢好幾次，所以才……」

哽咽的信雅姊姊，再也說不下去。

「我的世界本來就只有我自己，姊姊看起來也是如此吧？」

我討厭這種只能說出不中聽的話的情況。原本就沒什麼耐心的我，再也忍受不住的模樣狼狽不堪，而我能做出的最好選擇也僅此而已，著實悲哀。

「姊姊，我很喜歡小律。因為在我認識的人之中，小律是唯一一個不知道我姊的人。」

有位同時帶著四隻長得像棉花糖的小狗散步的老奶奶，經過我們面前。一見到小狗，我便想起了秀賢。

「我好像因此能安心喜歡小律。」

信雅姊姊撿起掉落在長椅上的樹葉，沒來由地輕撫著。

「也就是說，我直到現在都不曾安心地喜歡信雅姊姊。我總是感到不安，因為我很清楚信雅姊姊是透過我看見了另一個人。」

雖然信雅姊姊飽受衝擊的表情，像是得知了一件從來不知道的事實般，卻感受不出對我有任何背叛與惱怒的感覺。

「我們暫時不要見面了，等到我找回自信後，會再來找信雅姊姊。」

12

「劉願啊，有姊姊很棒吧？」

「嗯。」

「以後也要一直陪你玩嗎？」

「嗯。」

「小願也會陪姊姊玩嗎？」

「嗯。」

「好，就這麼說定了。」

13

就算我說自己不餓，大叔還是覺得要請我吃東西，他指著不遠處的連鎖小吃店，說著「我們去吃辣炒年糕和血腸」，然後拉著我的手腕想走過去。如果是以前，我會默默跟著一起前往他指引的方向，但此刻的我真的不想聞到任何食物的味道，以及和大叔對視。而我想認真對大叔說的話，若嘴邊食物是血腸，總覺得會降低那種認真感。於是，我指了指附近的咖啡廳。洋溢著濃醇咖啡香與有著軟綿綿沙發的明亮乾淨咖啡廳，對大叔而言相當陌生。

明明也沒什麼急事，大叔今天何必焦急得像被什麼追趕似地特地跑來學校呢？我究竟是為什麼走出走廊呢？為了看一看還沒放學的五班，看一眼坐在五班窗邊的秀賢？還是為了發現莫名其妙在校門口徘徊的大叔？如果試著解釋這一切不可置信的巧合，我想，大概就只有長久以來被大叔糾纏而獲得的某種超能力了。無論如何，幸好我比秀賢早一步發現大叔。

我和大叔單獨相視而坐，已經尷尬到難以忍受的程度了。坐在咖啡廳門口的我，將視線轉向往來人群的腳踝。大叔向咖啡廳的服務人員詢問是否有紅棗茶，但咖啡廳既不賣紅棗茶，也不賣雙和茶[1]。我點了一杯熱可可後，將茉莉花茶放在大叔面前。無論冬夏，大叔只喝熱茶。儘管大叔聲稱是為了健康著想才不碰咖啡的，既然如此又該如何解釋他抽菸的事呢？大叔是一天得抽至少兩包菸的尼古丁成癮者。

我對大叔感到最憤怒的時候，是目睹了他偷偷在我們家陽台抽菸的畫面。大叔抽菸時，總會無意識地折斷陽台植物的莖，那些都是爸爸早晚準時澆水的珍愛盆栽，還有怎麼會有人在我們家抽菸？

穿著學校制服的我，和穿著與天氣截然不搭的舊風衣的大叔坐在一起，看起來是什麼感覺呢？坐在附近的人，有相對而坐且十指緊扣聊天的情侶、讀著一本厚書的阿姨、並肩使用筆電看電影的朋友們……即使所有人都沉浸在專屬於自己的時間裡，卻顯然以奇怪眼光偷看著我和大叔。我只想趕快結束對話，然後脫離這個情境。

就某種層面而言，我比秀賢更了解大叔——像是大叔沒有錢包，他會將新鈔對折，放在一件四季都會穿的迷彩大衣暗袋裡；大叔喜歡生蠔和生牛肉；大叔一直維持著接近光頭的短髮；還有，大叔從來不提起家人的事。

大叔不停地說話，讓人分不清究竟是因為覺得沒話說很尷尬，還是真的有那麼多話想說。大叔說起一直以來都沒提過的話題。

「因為我一直都單身，所以公司老闆介紹女生給我認識，那個女生就是秀賢的媽媽。秀賢小時候的身體很差。就是一直寵著她，才會變得沒大沒小。」

「今天來這裡是不是有話想對秀賢說？」「這麼快就忘記秀賢要您別介入他們的生活了嗎？」我邊吞回這些話，邊用鑰匙撓刮自己的手背。我好奇著，明明是和一個與自己擁有相同體溫的人坐在一起，為什麼內心會如此冰冷？為什麼感覺內心一片荒涼？

「劉願啊，你聽你媽說了嗎？關於拍攝的事。」

「聽說了。」

「我想過了，表現出自然的模樣固然很好，但怎麼說也是電視節目嘛，至少要有一個畫面來傳達某種強烈的訊息。我說的是，那種能讓人感動落淚的畫面。你覺得一起去登山怎麼樣？劉願在陡坡上向大叔伸出援手，大叔在又高又深的山中為你指路。展現出戰勝逆境後昂首闊步生活的人們，那種充滿希望的畫面。」

迴避大叔眼神的我，轉頭望向窗邊。此時，我與坐在對角線方向的女子四目交接。儘管心裡想著或許只是巧合，但我卻能感覺她的目光已經停留在我身上很久了。看起來像大學生的女子，正用眼神向我說話。例如「要不要幫忙」之類的。那位姊姊——不知不覺就變成姊姊了——邊用手指著背對她的大叔，邊持續向我發出「沒事嗎？」與「不用幫忙嗎？」的訊息。我難得對他人的關心感到感謝，我眨了兩次眼，示意自己沒事。那位姊姊這才一臉放心地點點頭，然後再次將目光轉回筆電。

當我持續用鑰匙撓著手背之際，驟然開啟了被塞入手背深處的記憶。我想起秀賢敞開的那片頂樓天空，我想起若不是秀賢，自己永遠都不會知道的那陣風，我想起堆滿灰塵的倉庫、晚霞、大型氣球、漫長的等待，以及那些賦予我的勇氣，讓我即使很可能會被討厭，仍能把心底那些真心話說出口。

「我們一起攀上高處歡呼，在山上說出想對對方說的話，然後訂一些新年計畫，整個畫面不是很棒嗎？」

只是，我思考著究竟該怎麼做才能不被討厭。每次見到大叔，我的內心都會宛如被烈日曬得焦黑的皮膚般灼痛。我必須脫離。

「大叔。」

「嗯？」

「我恐怕沒辦法上電視。」

「為什麼？因為補習班嗎？」

大叔用明顯表現出遺憾與失望的表情說道。

「不，不是因為補習班。大叔，我也想變得昂首闊步，變得自在。」

我不顧大叔的表情，繼續說著。即便大叔沒有打斷我的話，臉上卻露出相當驚慌的表情，看起來是無法理解眼前的情況。

「秀賢告訴我，這才是我應該過的生活。」

一提起秀賢的名字，大叔立刻皺起眉頭。

「那時候，是我太重了。大叔因為承受不了我的重量，才導致腿骨都被壓斷。對不起，是因為我太沉重了，才會讓大叔受傷，才會讓大叔變得不幸。」

「你……」

「可是，現在大叔對我這樣，這負擔太沉重了，我實在很難承受。」

我的目光沒有迴避，原來大叔的雙眼是那樣啊……和他的音量一樣大，卻不帶威脅性。看起來蠟黃且迷濛，似乎已經很久沒有睡覺了。

「……好。」

過了一段時間後，大叔才猶如喘不過氣般吃力地說道。音量太小，讓人不禁懷疑我是不是只聽見了自己想聽的部分。

窗外一場突如其來的雨，連日的秋雨，總是反覆下下停停，想起了媽媽叮囑「記得帶傘」的聲音。因為出門上學時完全沒有下雨的跡象，所以沒有把傘帶出門，早知道就乖乖聽媽媽的話了。

負罪感不會因為說了對不起就結束，而是像併發症一樣逐漸蔓延。羞愧感、自責感、憂鬱。在下意識自我保護的驅使下，讓我對自己的憤怒轉化為對他人的憤怒。這樣的我，每次因為負擔太重而搖搖欲墜的時候，秀賢就會撐住我。

大叔和我呆呆地坐在咖啡廳，聽著爵士樂，讓時間流逝。

「雨突然下得好大，你有帶傘嗎？」

假裝若無其事的大叔開口說道，彷彿將五分鐘前的對話全部忘得一乾二淨。

「沒有，去便利商店買一把就好。」

「等雨變小一點就出去。」

我知道今天的雨會持續下一整晚。

不過，我沒有打算將這件事告訴大叔。

正賢傳了訊息給我。

「姊姊，你在哪裡？」

大叔說了一句「我去抽根菸」後，便朝著吸菸室而去。

「姊姊，你沒帶傘吧？你在補習班嗎？我等一下去接你？」

「我不在補習班。」

「所以你在……？」

「十字路口的咖啡廳『Sleep』。」

「和誰？」

「沒和誰，自己。你可以三十分鐘後來接我嗎？」

「好。」

從吸菸室回來的大叔，終於接受了這場雨不會輕易停止的事實。

走出咖啡廳後，大叔將原本放在紙袋裡的折疊傘撐開後遞給我。那是一把因為斷了一根傘骨導致傘面扭曲的雨傘，握把也早已生鏽。

「你拿去用。」

「不用了。」

為了替我撐傘，大叔靠得更近了。

「這都是酸雨。」

「沒關係，朋友說要過來接我。」

擔心著雨傘上滑落的鏽水會浸濕衣服的我，往後一步退出傘外。

大叔注視了我片刻後，說了句「好，我知道了」。是啊，大叔今天好像格外順從我說的話。

「大叔要去哪裡？」

「地鐵站。」

「地鐵站前面就有能直接到我家的公車，所以我會搭那班車回去。」

「好。」

「天黑了，你自己路上小心。」

「好，大叔慢走。」

背向我離開的大叔，突然停下腳步再次轉身。

「劉願啊……」

「是？」

叔叔似乎在思考著該說些什麼話。我聽著雨聲，等待著。

「你……一點都不重。只是……人的身體本來就很脆弱，通通忘了吧。」

說完後，大叔像什麼事也沒發生過一樣繼續向前走。

大叔要我忘記的是什麼？今天拜託我上電視的事？或是一直以來在我身邊打轉的行徑？難不成包括開啟這一切的火災那天在內？

等待正賢的期間，我待在咖啡廳的遮陽棚下。大叔一跛一跛地越走越遠。大叔一手撐著傘，一手提著紙袋。紙袋裡裝滿了用途不明的雜誌，萬一紙袋被雨淋濕後破掉怎麼辦？後來才想到，我好像該替大叔把東西拿到公車站才對。現在跑過去嗎？還在思考怎麼做才好的我，凝望著大叔早已濕透的背影。

大叔在號誌燈倒數不到五秒的斑馬線上狂奔。無論他跑得再快，都不可能在五秒內順利跨越。儘管車輛在紅燈亮起後稍等了大叔一下子，但很快就忍不住響起充滿威脅性的喇叭聲。那一瞬間的他們，似乎都比我更恨大叔。大叔不以為意地跨越斑馬線後，身影隨即被淹沒在向前駛的貨車和公車之中。作為一個習慣性憎恨大叔的人，我的心隱隱刺痛著。

「你在這裡做什麼？」

不知從何處冒出來的正賢，遮蔽了我的視線。

我無法誠實以對。

「沒什麼。」

「姊姊，你為什麼哭了？」

「不要問。」

「我知道了。」

正賢撐著一把像是遮陽傘的大傘，我們一起走回家。共用一把傘的我們，運動鞋馬上就濕透了，連襪子都變得濕答答的。來自四面八方的雨，無處可躲。但值得慶幸的是，我的哭泣也因此融在雨聲中，變得一點都不明顯。

1 雙和茶是韓國傳統茶，以各種藥材（川芎、當歸、紅棗等）沖泡，再加上一顆蛋黃，增添營養。

14

澆花的聲音吵醒了我，這是個心情愉悅的早晨。我指著黃花問爸爸「這是什麼花？」即使是已經占據陽台好一陣子的植物，但我從來不知道它們的名字。仔細一看，才發現自己連盆栽開花一事也渾然不知。身體因感冒而陣陣發冷，心情卻還不錯。

因為發燒的緣故，讓周圍像是灰塵之類的東西都開始竊竊私語。我不禁想吶喊「想和我說話就一字一句說清楚，不要支支吾吾的！」

我擔心不吃東西的話，看起來會像在抗議，於是我將媽媽拿來的白粥吃得一點也不剩。吃之前還感覺自己一吃就會吐的我，吃飽後便再也沒有那種悲慘的想法了。

媽媽去開店，而爸爸待在家。爸爸應該是收到了媽媽要他留在家照顧我的任務。我在床上一睜開眼，便看見爸爸。背對著我的他，正在查看我的書桌。書桌上有什麼呢？除了題庫和課本外，什麼也沒有。我不是那種會把日記或手機隨便亂放，然後藉此測試爸媽會不會偷看的女兒。

啊！照片。從信雅姊姊那裡收到的姊姊照片。她說，那是姊姊和同班同學在國中畢業時一起拍的照片。是一張七、八個人以學校建築為背景的合照，因此焦點並不在姊姊身上。信雅姊姊說，那張照片是她從朋友手上拿來的。不會覺得給我們太可惜了嗎？信雅姊姊把所有值得回憶的東西通通給了我們家，這並不容易。

和爸爸單獨在家時，總有種說不出的尷尬。如果是爸媽同時在家、或只有媽媽在家時，即使我只是默默窩在房裡也沒關係。但若明知家裡只有爸爸和我，還一直待在房裡的話，不知為何會覺得是無視爸爸。在客廳坐了一會兒，和爸爸說了幾句話，然後把水果放在客廳的桌子上，再假裝自己很想睡之後、回到自己的房間。這才有種稍微鬆了口氣，同時又把該做的事都做好的感覺。

媽媽在談起姊姊時，不會刻意避開我。但在我的記憶所及，爸爸從來沒有在我面前閒聊姊姊的事，一定是有要事商討才會提起。爸爸刻意不聊姊姊的程度，讓人懷疑她已經被遺忘。但是我覺得刻意避談姊姊反倒尷尬。

「爸爸。」

爸爸像個被當場逮到犯錯的人般，驚嚇地轉頭。

「你真的該染頭髮了，你現在就像個老爺爺，年紀看起來比媽媽大很多。」

「不都是因為你不幫我染嗎？幫我染一下。」

我沒有乖乖地回答「好」，其實去趟髮廊就好了。

「爸爸喜歡大叔嗎？」

爸爸露出困惑的表情看著我，不太明白我究竟想說什麼。直到幾秒後才像恍然大悟似地點了點頭。

「當然很感謝。」

「我也很感謝。」

「是一位值得感恩的人啊，小願。」

「如果爸爸……處理得當的話，我應該會更感謝大叔，也不會對大叔抱持任何負面情緒，而是一輩子感謝他。」

我生平第一次說出質疑爸爸「處理事情不當」的話，我不知道自己否表達正確。

「爸爸一直以來都只在意不要讓大叔後悔自己救了我吧？」

爸爸有點摸不著頭緒地看著我。

「如果爸媽繼續用那種縱容大叔予取予求的態度對待他的話，我就無法擺脫是自己毀了大叔人生的想法。從現在開始，拜託你們不要再那樣了。」

15

「這次好像真的是我該道歉。」

「這次不覺得搞不清楚是誰的錯了嗎？」

「不太覺得。」

秀賢說我消瘦了許多。不可能，不可能才病了幾天就變瘦。

我們又上頂樓了。

「對於爸爸，你為什麼沒有想過我們比你……做過更多努力呢？」

「對不起。」

「雖然我們已經分開住很久了，但離婚協議書才簽好不到兩年。舅舅說，就算爸爸不同意，我們也有足夠的資格提起訴訟……其實，一直堅持不離婚的人是媽媽。你知道嗎？在我們國家離婚的話，可以得到不少補助。如果被列為單親家庭支援對象的話，不但能免費吃學校供餐，還能減免電信費。聽說申請貸款的時候，利息也會變低，而且還能得到特別提供的租屋。我覺得要是能早點離婚就好了，但媽媽卻不認為。大概是抱持著能改變爸爸的想法吧？也有可能是在逃避，或是害怕離婚後不知道會發生什麼之類的。」

因為害怕未知，所以緊抓著看得見、但未必最好的此刻。究竟有多少人都是死命抓著諸如此類的希望過日子呢？

「爸爸以為是我煽動媽媽，讓她下定決心離婚，所以爸爸才會討厭我。雖然我確實說服過媽媽離婚好幾次，但決定在離婚協議書上蓋章是媽媽的選擇。有一天，正賢、我和媽媽一起吃晚餐的時候，媽媽突然說『啊！對了，媽媽今天離婚了』，就是這麼輕描淡寫。我沒有太震驚，只是好奇為什麼突然下定決心。問了之後，你知道媽媽說什麼嗎？她從某個一起工作的人那裡聽到大學入學考試有個『加分優待』的項目，所以她一心想著可能能幫我得到某些加分機會，就索性辦好離婚了。她對爸爸也是一樣的說法，『既然你什麼都給不了秀賢，至少為她做這一件事吧，這個就當作十年的贍養費』，所以爸爸二話不說就蓋章了。」

「是我沒有弄清楚狀況。」

「那不是我想表達的，我想說的是，不要太恨我爸。他的被憎恨額度，想必也差不多滿了。我和正賢對他的恨已經滿到溢出來的程度了。」

我們一起環顧楓紅，變得比春天更顯艷麗的學校，好美。我想起我們初次見面的那一天。

「至少和你待在一起時，我還有那麼一丁點想稱讚爸爸。真心的。」

試著想讓我安心的秀賢說道。

16

自從那次後，大叔沒再出現過。不知緣由的媽媽說「大叔搞不好又被誰追債了」，還說雖然不清楚實際狀況，但和大叔有金錢糾紛的人可不只一、兩個。「如果不是這個原因，這麼久沒看到那位仁兄倒也滿奇怪的」。

「那位仁兄也真的是……我就知道他總有一天會走到這個地步。他每次都說這是最後一次來借錢，但總有下一次。」

第一次看到媽媽也有背地說人的黑暗面，讓我感到相當新奇。就像是目睹了一直以為是德高望重的人在朋友背後抽菸的畫面。不過，媽媽知道自己默默壓低音量嗎？這裡又沒有別人。

「他本來就是那種人。」

他本來就那麼糟糕。火災意外雖然啟動了大叔某些劣根性的開關，但其實他原來就有很多缺點。我很感激秀賢那天那番話，即使對她感到很抱歉。

「媽。」

「怎麼了？」

「你從什麼時候開始覺得愛我？」

「當然是從一開始就愛啊，之前不是問過了？」

對，我之前也問過媽媽。「媽媽，你從什麼時候開始愛我？」當時媽媽也是這樣說的——當然是從出生開始就喜愛。

在認識我是誰之前，就已經愛著我，我對此感到神奇。究竟喜歡我什麼？知道我以後會變成什麼樣的人嗎？不，或許正因為不知道我會變成什麼樣的人，所以才喜愛？假如媽媽早知道我長大後會變成這樣的人，她還會愛我嗎？

每當媽媽盲目地相信我時，我總能感覺媽媽的信任源於姊姊。現在，我覺得這點很不錯。

「媽媽希望我長大可以成為什麼樣的人？」

「這個嘛……」

或許是因為媽媽希望我能成為老師，因此當我宣告自己拒絕成為醫師、老師、社福人員時，她的表情難掩失望。她從沒想過我的成績其實考不上這些科系。在我家餐廳工作的阿姨們去東南亞旅行四天三夜，所以媽媽將必須處理的各種食材帶回家。我坐在媽媽身邊，邊看電視邊幫忙整理豆芽菜、刨薑、剝洋蔥皮。比較熟練之後，速度也加快不少。

「你說希望我健康長大，我現在也健康長大了，那之後呢？」

「希望你可以成為待在媽媽身邊的人，希望你不要去太遠的地方或國外。大學如此，工作也是如此。」

「這也太難了吧，媽。現在是拐著彎要我待在首爾的意思嗎？」

媽媽笑笑地否認。

「只是希望你待在媽媽想見你時，就能找到你的距離；希望你能找到一份不用因為休假或放年假就會看臉色的工作。小願啊，這都是能吃的東西，為什麼要丟掉？我不是跟你說過豆芽的尾巴只要稍微拔掉一點就好嗎？」

「我知道，我知道。可是媽媽的工作要看別人臉色嗎？你可是老闆耶？餐廳員工不聽話嗎？要我幫你教訓爸爸嗎？」

「不只是媽媽的工作要看別人臉色，大部分的人都是這樣。上班得看上司臉色，開餐廳得看客人臉色，都一樣。現在開始剝洋蔥皮。」

我戴上蛙鏡，開始剝洋蔥皮，算是一種訣竅。

「喔……五年或十年後的世界，應該會變得更好吧。」

「是啊，媽媽也希望如此。」

媽媽欲言又止，媽媽似乎有話想對我說。

「小願，我打算明年或後年轉讓餐廳。」

「為什麼？又要漲租金了？」

「不是，不是那個原因。」

「那為什麼突然這樣做？」

「我想換到更大的地方。其實一直都有這個念頭，現在情況也稍微好轉了，所以我想大概是明年年底吧。」

「真的？那是好事啊！」

「司機餐廳數量實在太多了，我們的店前面能停車的地方也不足。明明是司機餐廳，停車場卻小得不像樣，是很大的缺點。雖然如此，司機大哥們還是願意來店裡，就算續好幾次小菜，還是會微笑著給了又給，所以他們才會一直來。」

「那當然也是原因之一。不過，大概只有我們家才會這樣。」

數年來餐點價格都沒調漲的餐廳，想必只有我們家而已。而我從以前就決心支持媽媽做生意的方式，因此我沒有多說什麼。

「小願，你知道振碩大叔以前也是貨車司機吧？」

為什麼突然提起這件事？

「司機到司機餐廳吃飯，是理所當然的事。媽媽是這麼想的，這個是遠從釜山來的人，那個是遠從海南來的人，開了這麼久的車一定非常疲憊，想要好好款待他們。」

不過是海南而已，只要再多一個像媽媽這樣的人，大叔們想必能開著貨車奔上月球了。

或許是因為讀懂了我的白眼，媽媽因而放聲大笑。不知道是不是洋蔥的緣故，媽媽的眼眶漸漸泛紅。

17

每個禮拜日正賢和我都會一起在自修室讀書，儘管也約過秀賢一起加入，但她總是放棄。正賢也算是個認真、用功讀書的人，成績卻始終沒有出現成正比的進步。連只要好好讀過我借給他的猜題筆記就能答對的問題，也都很可惜地答錯了。於是我默默想著，如果正賢從現在開始把傾注於學業的努力轉移到鑽研演技，會不會是比較好的選擇？但無論我再怎麼努力，都沒辦法想像出正賢在鏡頭前演戲的模樣。因此感到無比好奇的我，決定問正賢。

「你成為演員後，想要演什麼樣的角色？」

「什麼角色？」

「如果能盡量找到具體目標去鑽研，不是比較好嗎？戲路廣固然是好事，但對演員來說，總是有個最適合自己的角色吧？」

「我想演……反派。就是演那種能讓大家叫我『壞人』的某種角色，我想成為那種演員。姊姊有看過一部叫《險路勿近》的電影嗎？」

「在電影台看過一點。」

「我喜歡演那部電影的演員哈維爾・巴登，他飾演一個叫安東・奇哥的角色，就是……」

「隨身帶著氣槍那個？」

「對。」

「雖說喜歡，但總覺得有些不對勁。可能是我無法理解吧，但也太……該怎麼說呢？沒有邏輯。看的時候，我好像一直唸著『為什麼會這樣？』『不是啊，為什麼？』」

「我倒覺得那些部分很吸引我，也很喜歡它被列為青少年不宜觀看的電影。其實我向來不太喜歡看電影，因為沒辦法專心，要我坐在那裡將近兩小時動也不動，實在太難了，還是比較喜歡電視劇。」

我本來要在週末時告訴秀賢，自己手上有三張電影票，因為多了一張，可以帶正賢一起去。還好事先知道了他不喜歡看電影。

「哪些部分吸引你？」

是想殺死某人呢？還是想對某人發火呢？

「安東・奇哥這個角色不是沒有任何動機嗎？也沒有說明他為什麼成為壞人？為什麼隨便殺人？為什麼不會感到愧疚？還有為什麼永遠都那麼毫不留情？我們周圍有些人雖然不至於會像他那樣胡亂殺人，但不也經常做出讓人無法理解的行為嗎？我認為，嘗試去理解根本無法理解的人本身就是一件蠢事。大家都說奇哥是具有反社會人格的殺手，但我覺得像奇哥這種人……只是個小石子。」

「小石子？」

「就像是鋪在教會停車場的碎石一樣，尖銳、粗糙、未經打理的東西，指的就是那種狀態。雖然無從得知是不是從出生開始就是那樣，但總之就是那種狀態。如果我在那裡跌倒，就算被劃傷、割傷了，對小石子生氣根本沒有意義。我努力去理解小石子也沒有意義，期待小石子是否能理解我的情緒同樣沒有意義。」

我對正賢的這席話似懂非懂。

不過，他本來就是有這麼多想法的人嗎？

「你一定不知道我在說什麼吧？我就是想成為那種人物。一次就好，那種大家完全無法理解的人物，那種因為行為完全無法被賦予意義，反而被人用一百種、一千種方式剖析的人物。」

原來正賢一直以來是用這種方式努力著。

我點了點頭。我想，我們彼此都會在各自的位置上，好好地長大。

18

我每天都忙到焦頭爛額，因為得按照補習班毫無空隙的緊湊課表行動，根本無暇顧及其他事情。吃完早餐前往補習班後，便一直在那裡待到太陽下山，然後在回家途中嚷嚷著「好冷」、「一天好長」，一天就過完了。多虧了待在補習班的時間，讓我得以忘卻煩心事，因此我完全沒有想缺席的念頭。

秀賢看起來同樣忙碌。她曾問過我兩次要不要一起參加週末的某場抗議和志工活動，但我都以自己很忙作為拒絕的理由。我怕自己只要去過一次之後，馬上又會被秀賢說服。關於秀賢真正想做的是什麼、想創造的是什麼樣的世界，全是我自己模糊的想像，從來沒有真正問過她。只是一想到有五、六萬名像秀賢這樣的人聚集在惠化或光化門，我內心激動的同時又感到內疚，所以我盡量不帶手機去補習班，自然也因此減少了和秀賢聊天的時間。

聊天變少不等於變得生疏。無論如何，我們每個禮拜仍會挪出一段時間相聚。如果不碰面的話，身體或內心某個界線模糊之處甚至會覺得緊繃。秀賢會算好時間，在我下課的補習班門口等我。

由於我和秀賢至今都是不同班，因此也不用煩惱升上三年級後會被分到不同班。即使分到不同班，依然能保持目前的來往狀態，這樣就夠了。其實，我也希望三年級時秀賢和自己不同班，最好還是各自在走廊兩端的兩個班。和秀賢待在一起的話，我沒辦法好好讀書。因為有太多有趣的事、太多想說的話，如果連上課時間都會邊嘻嘻竊笑，邊傳紙條，勢必得忍受老師不少白眼。光是想像，我都覺得好快樂。

「李尚仁！李尚仁！」

我整年遇過的同學之中，最始終如一的同學李尚仁，睡到一半起身瞪著我。為了不想成為沒有人情味的同學，我沒有迴避他的眼神並開口說道：「中央暖氣關掉了，繼續待在這裡，你可能會很冷喔？回家睡比較好吧……」

李尚仁環顧周圍後，或許是終於感覺到寒意的他，身體瑟瑟顫抖著。隨後，再次癱軟地趴在桌上。

我穿上羽絨外套並拉上拉鍊，甚至連書包都揹好了。

「劉願，這是你第一次主動和我講話。」

趴著的李尚仁說夢話似地呢喃。

「是嗎？」

「以後也在回家前叫醒我。」

原本想問「為什麼我要這麼做？」但轉念一想「好吧，又不是什麼難事，就叫醒他吧」。似乎變得相當寬容的我，心情很好。

「好啊，可是你為什麼老是睡成那樣？因為讀書？還是打電動？」

「打工。」

「什麼？」

「我說打工，在便利商店，網咖樓下那家。你補完習經過的話，我再給你當天會到期的東西。」

「太好了，那個時間剛好有點嘴饞，謝謝。」

李尚仁沒有回應，再次轉頭面向牆壁。不，是準備慢慢清醒。

19

寒假一開始，秀賢和正賢就說要去一趟南海的外婆家。一聽見我說自己這輩子從來沒去過南海，兩人便開始輪流向我洗腦南海有多好。結果，我因此得知了南海郡的特產是蒜薹、米、菠菜，以及有很多好吃的餐廳，此外南海還擁有全韓國最遼闊、最美的滑翔翼飛行場。

莫名其妙就演變成要在我生日的時候一起去南海了，兩人開始說要從我生日前一週便開始大肆慶祝。他們一下要我拭目以待，一下要我知福惜福。我心中的期待被放到最大，甚至開始不安他們究竟會準備什麼給我？萬一是低於期待的小禮物，我又該露出什麼樣的表情。總之，這是份我從未想像過的禮物。

如果想置身高處，始終需要勇氣。

當我從頂樓往下看時，感受到的情緒可以說是單純的不安與恐懼。我一直覺得，雙腳發抖和冒冷汗都是潛意識裡殘留著那次意外的感覺，我因為害怕自己會昏倒，所以一直都不敢玩遊樂器材。然而，置身此處後，我才清楚明白了——原來我並不怕高，原來我喜歡高處。在這個地方感受到的情緒，應該被稱為怦然、期待、或是悸動才更恰當。

我們搭車登上山頂，雖說僅是個矮山，卻已經能一眼望盡大海與沙灘、海邊聚落。我寫下自己的姓名和身分證號碼，萬一出了意外，要委託他們替我處理保險的事。當我問起這裡是否曾經發生過意外時，負責受理的姊姊露出燦爛的笑容。那抹笑容意味著什麼？到底有人受傷，還是沒人受傷？

「沒事吧？」

秀賢微笑著問道，看起來也有點像在捉弄我。

「的確滿期待的，但一想到只有我去玩，莫名有一種是在被懲罰的感覺。」

「喂！這個很貴，我們沒辦法每個人都玩。」

是正賢和秀賢用了自己的零用錢替我預約，我再付了大概五萬多元。跟多少錢無關，我始終真心感激。

「你慢慢下來，我們會坐車下山。」

我抓著秀賢說道：

「上大學後，我們一起去台灣旅行。」

「為什麼是台灣？」

「聽說在台灣玩滑翔翼比韓國便宜很多，而且景色漂亮的地方也非常多。」

「好啊，就這麼說定了。」

「秀賢啊，我有話想對你說。」

秀賢點了點頭，彷彿不管我說什麼她都會聽。

「你知道我的名字是什麼意思嗎？」

「什麼意思？」

「是許願的『願』，願望、希望之類的意思，願。」

「所以呢？」

「據說，因為我是姊姊的願望，他們說她期待了很久我的到來，所以才會取名『願』。」

「真了不起！」

笑了一下的秀賢，緊緊擁抱我。

「好好享受，我們先下山了。」

正賢和秀賢先一步搭車離開。

「緊張嗎？」

滑翔翼教練邊替我繫好安全裝備，邊問道。

「緊張。」

教練和我一起助跑了十公尺左右，裝備很重，因此我實際上幾乎是被拖著跑。絲毫沒有猶豫的空間，我已經跳下懸崖。當我喊著「唉唷！」的瞬間，自己早已開始飛翔，有種終於從外圍深入到內心的感覺。我迎著風的阻力，這是我第一次感覺自己變得如此輕盈。原本眼前是一片鬱鬱蔥蔥的樹林，卻在不知不覺間飛向了大海上空，原來大海如此遼闊……海水湛藍得閃爍發亮。儘管教練從後牢牢支撐著我，我卻在那一瞬間第一次認為自己是個百分百的獨立個體。

我看向遠處地平線，蜿蜒的海岸線一望無際，我好想一直飛翔在天際。飛行一陣子之後，我開始有點失神，猶如自己已經在天空生活了好久似地。就在浮現這個念頭之際，我的腋下和肋骨附近感覺有些發癢。起初，我只覺得有點癢，後來卻開始嘎吱嘎吱作響，是冬天踩踏初雪的聲音，某樣東西正伴隨著如此乾淨的聲音穿透側腰。我感覺教練在不知不覺間消失了，我鬆開揹在肩上的笨重裝備，然後一一往下扔。身體變得更輕盈了，無法在空中掌握方向的我，稍微轉了幾圈，當我以為自己快撞到大海的剎那，又再次驚險地竄上天空。我不清楚飛了多高，只是越來越接近白雲。

一想起姊姊，她便在我的上方。

「姊姊，一點都不可怕吧？」

「嗯。」

我第一次，而且是真心的，想要像姊姊那樣勇敢，那個讓我可以享受這一切的姊姊。我有種宛若新生的感覺。

回過神後，才發現自己正緩緩接近地面，已經開始覺得捨不得了。但因為有人等著我，所以我並不感覺空虛，我能看見秀賢正在揮舞著雙手。著陸後，得在海邊再跑十公尺左右才完全停止。

「腳還好嗎？」

滑翔翼教練問我。

「沒事，謝謝。」

「我以為你睡著了，因為太安靜了。」

「可能吧，好像短暫地做了一場夢。」

秀賢和止賢跑向我，緊緊擁抱著平安歸來的我。

劉願

「希望」是曙光

二〇一九年初，我開始動手寫這部小說之時，那時的我正瘋狂地討厭著某人，或許是因為這個緣故，「大叔」這號人物首先在我心中變得立體。即便故事節奏緩慢，但隨著進展漸趨明確後，比大叔重要的人物也一一現身——劉願和秀賢、正賢。在為了努力理解他們的行為與內在的過程裡，我感覺到自己慢慢變得安穩，逐漸變得寬容。

當故事的主角劉願站在抉擇的十字路口時，我總希望她能比現實生活中的我做出更好的選擇。如同小說裡迸出的微小希望撫慰了我般，我希望閱讀這本小說的各位也能觸及那道曙光。

每當開始寫小說時，我總一而再地質疑自己——我真的有辦法完成一本小說嗎？但藉由無數人的幫助，讓原本以為不可能的事變成可能。謝謝當我每一次徘徊不前時，都能給我力量的金智恩老師，以及成為彼此讀者的閱讀會成員韓松、敏珠姊姊。

在此也想向「創批青少年文學獎」的審查委員老師們與青少年審查團的各位致意。我承諾，自己會不斷努力精進，不辜負各位的期望。

另外，我也要向鄭民巧編輯致意，鄭編輯將我拙劣、粗糙的未完稿完美變身。我很享受也很感謝稿件往返的這段過程。

最後，我想藉著這本書的出版報答爸媽的愛。媽媽告訴我「只要覺得辛苦，隨時可以停止」，安撫了我的心；爸爸則一次次教懂我朝著目標邁進的重要性。

白溫柔　二〇二〇年六月

國家圖書館出版品預行編目資料

劉願/白溫柔著;王品涵譯. -- 臺北市：
三采文化股份有限公司, 2021.09
面； 公分. -- (iREAD；144)
ISBN 978-957-658-602-6(平裝)

862.57　　110009748

This book is published with the
support of Publication Industry
Promotion Agency of Korea(KPIPA)

iRead 144

劉願

作者｜白溫柔　譯者｜王品涵
副總編輯｜鄭微宣　責任編輯｜鄭微宣　選書編輯｜陳雅玲　版權負責｜孔奕涵
美術主編｜藍秀婷　封面設計｜高郁雯　內頁設計｜高郁雯　美術編輯｜Claire Wei
行銷經理｜張育珊　行銷企劃｜陳穎姿

發行人｜張輝明　總編輯｜曾雅青　發行所｜三采文化股份有限公司
地址｜台北市內湖區瑞光路 513 巷 33 號 8 樓
傳訊｜TEL:8797-1234　FAX:8797-1688　網址｜www.suncolor.com.tw
郵政劃撥｜帳號：14319060　戶名：三采文化股份有限公司
本版發行｜2021 年 9 月 3 日　定價｜NT$380

Copyright　2020 by Baek Ohn-yu
All rights reserved.
Original Korean edition published by Changbi Publishers, Inc.
Chinese(complex) Translation rights arranged with Changbi Publishers, Inc.
Chinese(complex) Translation Copyright　2021 by SUN COLOR Culture Co., Ltd
Through M.J. Agency, in Taipei.

著作權所有，本圖文非經同意不得轉載。如發現書頁有裝訂錯誤或污損事情，請寄至本公司調換。All rights reserved.
本書所刊載之商品文字或圖片僅為說明輔助之用，非做為商標之使用，原商品商標之智慧財產權為原權利人所有。